Anna Katharina Hahn
Kavaliersdelikt
Erzählungen

Suhrkamp

Umschlagfoto: Sven Paustian

Meinen Eltern

suhrkamp taschenbuch 3654
Erste Auflage 2004
Originalausgabe

Druck: Nomos Verlagsgesellschaft, Baden-Baden
Printed in Germany
Umschlag: Göllner, Michels, Zegarzewski
ISBN 3-518-45654-7

1 2 3 4 5 6 – 09 08 07 06 05 04

Kavaliersdelikt

Ermislauh

Bärbel greift ins Laub, harkt mit Krallenfingern einen kleinen Berg zusammen, knüllt und preßt die ledrigen Blätter, wirft sie in den Müllsack zu ihren Füßen. Die Handflächen werden dunkelbraun. Ein langgestrecktes Blatt bleibt am Anorak hängen, schmal und glattrandig. »Walnuß ist das. Schau mal, wie es färbt. Hat die Mutter früher genommen, für die Ostereier, gab ja nichts anderes.« Rainers Blick folgt der in einer kalten Bö herabtrudelnden Blätterschar. Der mächtige Baum wächst an der Friedhofsmauer. Sie landen auf dem eben freigerechten Grabhügel und decken ihn erneut zu. Bärbel scheint es nicht zu bemerken. Sie versucht mit einer kleinen roten Harke – normalerweise wird damit die Erde in ihren Balkonkästen gelockert – daumendicke Efeuranken auszureißen. »Ich will wissen, ob hier vielleicht die Emmi liegt, Mutters Patentante.«

Schon wieder dieses Wort: Mutter. Karlena war ihm seinerzeit, ziemlich rasch, wie er fand, als Mutsch vorgestellt worden, und er hatte nie eine andere Bezeichnung gehört. Rainer dreht sich um und sichtet Bärbels Mutter, über zehn Gräberreihen hinweg. Schmiedeeiserne Kreuze, zum Teil mit emaillierten Namenstäfelchen, spießen sich in den zugigen blauen Oktoberhimmel. Zusammen mit ein paar anderen Frauen zwischen sechzig und achtzig legt Karlena die hohen steinernen Grabeinfassungen frei, beschneidet urwaldartig verwachsene Lebensbäume und struppige Kriechmisteln, richtet die verschnörkelten Eisenzäunchen wieder auf, die sich um die älteren Ruhestätten ziehen. Vorhin, bei der Begrüßung an der Kirche, hätte er sie fast nicht erkannt. »Rainer, Bub, was ist los? Kennst du deine Fast-Schwiegermutter nicht mehr?« Alle hatten gelacht – ein Haufen schwarzgekleideter alter Frauen mit fransigen Wollkopftüchern, fußlangen dunklen Röcken, Schürzen aus steifem glänzendem Stoff und derben Schnürstiefeln.

Die Brille hatte Karlena schließlich enttarnt, ein buntgoldenes Designergestell großstädtischen Ursprungs, und eine Locke fliedergetöntes Haar, die verräterisch unter dem eng gebundenen Tuch hervorkroch. Ihre Hände hingegen paßten, wie sie aus den engen Blusenärmeln wuchsen. Es war ihm noch nie so aufgefallen, aber heute, ohne das ewig klingelnde Armband mit dem gefaßten Hirschzahn, ohne die übereinandergesteckten Zirkonia-Ringe und die unvermeidliche Zigarette hatte Karlena Bauernhände: knochig an den Fingergelenken, mit hornigen Nägeln, kräftigen Daumen und stark hervortretenden Sehnen. Hände, die wilde Triebe und holzige Schößlinge wie Papierblumen aus der Erde ziehen. Hände, die sicher einer Gans, einem jungen Hahn den fedrigen Kopf nach hinten drehen konnten, eine Axt schwingen, Brotteig kneten, einen Mistkübel schleppen. Die sogenannte Omma, Karlenas Mutter, ist weit über achtzig. Sie hat das alles noch getan, als Frau des Stieglebauern. Neben seiner kleinen Landwirtschaft flocht der nach Feierabend Körbe, oft nur für einen Krug Most als Entgelt. Hielt Ziegen und Hühner in einem Verschlag neben der guten Stube. Trotzte der Rauhen Alb seine Kartoffeln ab, das Grünfutter für ein paar Kühe. Ein harter Mann, gefallen 1944 bei Warschau. Im Moment stutzt die Omma einen stattlichen Wacholder, der vor Jahrzehnten dekorativ neben dem Grabkreuz eingepflanzt wurde, es aber inzwischen in die Schräge gedrückt hat. Sie bückt sich, wirft das Schnittgrün in einen Papiersack. Der kürbisförmige Hintern reckt sich herausfordernd nach oben.

Auch an ihrem Kaffeetisch hatte Rainer schon wenige Wochen nach seinem ersten Zusammentreffen mit Bärbel gesessen. Der Weg war nicht weit gewesen. Alle drei

Stiegle-Frauen wohnten im gleichen Hochhaus, in den Sechzigern der letzte Schrei mit Müllschlucker, Fahrstuhl und Asbestverkleidung. Inzwischen sah alles ein wenig verlottert aus. Zu den Schmierereien an den Treppenhauswänden – »Jasmin fickt vergebene Jungs« – kamen abblätternder Lack und brüchige Auslegeware. In der mit Familienfotos zugehängten Wohnung der Großmutter roch es nach Muff, Apfelkuchen und WC-Frisch. Die Alte mit dem dünnen Haarknoten goß ständig Kaffee nach und nickte zufrieden, als Rainer von seinem Job berichtete. Ihr Schwäbisch war so breit, daß er es nur teilweise verstehen konnte. Bärbel streichelte ihre krummen Gichtfinger. »Ich bring dich zu Mutsch und Omma, weil wir drei immer zusammengehalten haben. Der Opa ist im Krieg geblieben. Omma hat Mutsch in den schlechten Zeiten ganz allein durchgebracht. Mutsch hat nie geheiratet. Für die war's auch schwer, alleinerziehend, da haben die Leute viel geredet. Ich will das nicht so haben, ohne Mann bleiben und mich durchbeißen, weißt du.« Als er ihr in der dunklen Diele in den Mantel half, drückte sie sich an ihn.

Rainer hatte gerade einen beruflichen Aufstieg erlebt, als Manager des Schnellrestaurants, in dem er schon im ersten Semester gearbeitet hatte. Statt Fritten aus dem Fett zu heben und abends VWL-Vorlesungen zu besuchen, war er nun damit beschäftigt, die Sauberkeit der Gästetoiletten im Halbstundentakt zu kontrollieren, das Betriebsklima zwischen den ghanaischen, angolanischen und pakistanischen Boulettenbratern mit Hilfe seiner rudimentären Englischkenntnisse einigermaßen freundlich zu gestalten und grinsende Porträts der Mitarbeiter des Monats im Eingangsbereich anzupinnen. Das Studium hatte er – vorerst – aufgegeben.

Bärbel stand in der Schlange an Kasse vier, Rainer war kurz für den Kollegen mit der schwachen Blase eingesprungen. Burger mit Seelachs und Salat, dazu Cola light, keine gefüllten Schmalzkuchen à la americaine, auch kein Eisbecher mit Karamelschmiere und Smartie-Garnitur. Unter dem violetten Webpelz leuchtete der weiße Praxiskittel. Wie er später erfuhr, arbeitete sie als Arzthelferin bei einer Gynäkologin. Ein weiches, großflächiges Gesicht, in dem sich Augen, arglos hellblau, Mund und eine unauffällige Nase angenehm verteilten. Flaumige Haut, winzige, mit Puder bestäubte Flimmerhärchen, die sogar auf den Ohrläppchen sprossen. Er hatte die Hände etwas zu kräftig um die hellgrüne Pappschachtel mit dem gewünschten Burger geschlossen, so stark war der Wunsch gewesen, über den Tresen zu greifen und zu fühlen, zu tasten, zu wischen, die silbrig und rosa glitzernden Stäubchen der Kosmetika vorsichtig herunterzustreichen, darunter warme Glätte zu spüren, gepaart mit diesem letzten Rest äffischen Ursprungs. Natürlich verrechnete er sich, zu ihren Ungunsten. Das Hellblau bekam einen stählernen Stich, der sich aber schnell wieder auflöste. Es war nicht schwierig, sie einzuladen: »Irgendwohin, wo sie nicht alles zwischen zwei Brötchen klemmen.« Das fand sie witzig, ebenso wie das koreanische Restaurant am Abend, das Geangel mit den Holzstäbchen nach gebratenen Glasnudeln, Wolkenohrpilzen. »Viel mehr Knoblauch als beim Chinesen. Aber lecker.« Sie zeigte sich überraschend unzimperlich. Keine weiteren Einladungen, keine Kinobesuche oder Musical-Karten waren nötig gewesen. Das einzige Hindernis stellte eine Bastion von Diddl-Mäusen und anderen flauschigen Monstren dar, die ihr ziemlich breites Bett bis in die letzte Ecke besetzten.

Die alten Frauen rupfen und schneiden routiniert, ausgerüstet mit gekrümmten Grabmessern und anderen Werkzeugen, die fast mittelalterlich aussehen, aber anscheinend ihren Zweck erfüllen. Ob Karlena das Zeug in ihrer imitierten Louis-Vuitton-Handtasche, einem Schnäppchen vom letzten Türkei-Urlaub, transportiert hat? Sie arbeitet in der Hocke, der schwere dunkle Rock streift die lehmige Friedhofserde, aber es scheint sie nicht zu stören. Schnell und präzise führen ihre Hände eine Wurzelbürste über die unlesbar gewordene Inschrift. Ihr Gesicht ist erfüllt von Erwartung. Immer wieder hört er freudige Aufschreie, wenn ein rostiges Täfelchen lesbar gemacht, ein von Moos und Flechten bepelzter Denkstein freigekratzt wird. »Der Gieger, kommt schnell, hier liegt der Lehrer Gieger, mein Gott! Wißt ihr noch, der Ausflug auf den Hohen Urach, was hat der Mann nicht alles auf die Beine gestellt! Und die Kinderfeste, wißt ihr noch?« »Und hier der Lederer-Paule vom Obst- und Gartenbauverein! Wie der immer geschimpft hat, wegen der paar Brettacher, die wir ihm weggemaust haben!«

Der Friedhof befindet sich hinter der Kirche, eingefaßt von einer bröckeligen Mauer. Langhaus und Turm sind nahezu vollständig abgedeckt, ein paar bemooste Ziegelreihen liegen noch auf den Dachsparren wie verbrannte Weihnachtsgutsle auf ihrem Blech. Die romanischen Rundbogenfenster sind vernagelt oder starren als schwarze Löcher in die Gegend. Aus dem freigewitterten Mauerwerk sprießen üppige Unkrautbüschel. Dicke Holunderbüsche, enorm angewachsene Lebensbäume und Zypressen bedrängen das Gotteshaus von allen Seiten. Über die Schwelle des Haupteingangs kriecht Schnurgras. Auf der Turmspitze thront ein schwarzgrün oxidierter Wetterhahn, der noch immer bedächtig der jeweiligen Windrichtung folgt.

Bärbel flucht leise, das rote Großstadthäckchen ist zu Bruch gegangen. Mit bloßen Händen arbeitet sie weiter. Der Efeu wehrt sich, in ihren Händen bleiben nur Blätter, die kräftigen Ranken lassen sich nicht ausreißen. Eine kastenförmige Alte, die eine Gießkanne an ihnen vorbeischleppt, bleibt stehen und schüttelt den Kopf: »Bärbele, des isch doch nix. Nemmsch mei Schäufele, gang her!« Sie nestelt eine verbogene Schaufel aus ihrer Schürzentasche. Bärbel lächelt, ihre Wangen sind gerötet, die Nasenspitze ein wenig feucht. Für einen Moment kann Rainer sie unter dem Kopftuch sehen, mit grauem Scheitel, das flaumige Gesicht von Falten durchgraben, vereinzelte Bartstacheln auf Kinn und Nasenrücken, lange Schlitze in den Ohrläppchen, die über siebzig Jahre lang die Konfirmationsohrringe gehalten haben, Gold und Aquamarin: Bärbele. Bärbele aus Ermislauh mit ihrem Schäufele, in vermatschten Treckinghosen und Outdoor-Jacke, auf einem verwilderten Grab kniend. Bärbel ist kein Outdoor-Typ. Videoabende mit Pizza-Service liegen eher auf ihrer Linie. Trotzdem hatte Rainer nach und nach ein paar Dinge entdeckt, die nicht in Bärbels Diddl- und einhorngeschmückte Wohnwelt, zu ihrer Madonna-Begeisterung und den diversen Glitzer-Lippenstiften passen wollten.

Dazu gehörten das Glas warmes Wasser mit Essig, das sie jeden Morgen trank, Apfelstücke in der Erde der Zimmerpflanzen (»Der beste Dünger, und so günstig«) und eine Sammlung eingetrockneter Blätter und Rinden im Küchenschrank. Bei Grippe und ähnlichen Übeln braute sie daraus braungrüne Tränke mit reichlich Bodensatz und legte sich unter mehrere Plumeaus ins Bett, ohne ein Fenster zu öffnen. »Schwitzen, vor allem Schwitzen, das hat Mutsch schon als Kind mit mir gemacht. Schwitzen und Kräutertee trinken. Omma hat ihr das beigebracht. Landfrauen eben. Früher hab ich sie dafür gehaßt, aber heute bin ich dankbar. Noch nie im Leben mußte ich Antibiotika nehmen, und das bei den vielen Bazillen in der Praxis.«

Das alles kam aus Ermislauh, einem der höchstgelegenen Dörfer der Schwäbischen Alb. Nicht daß sie selbst dort aufgewachsen wäre – Mutsch war als zehnjähriges Mädchen aus dem Kaff weggezogen. Erst 1965 war sie, nach einem Fehltritt mit einem Filou von der Post, der sich gleich nach Karlsruhe versetzen ließ, von dieser gut gewachsenen, pelzhäutigen Tochter entbunden worden. Die hatte sie dann unter Mühen und Plagen durch die *swinging sixties* und *roaring seventies* bis zur Arzthelferin gebracht. Und heute, kurz nach der Eröffnung des ersten Moskauer McDonald's, standen sie alle hier, auf dem Ermislauher Dorffriedhof, das war der Lauf der Geschichte.

Bärbel plaudert mit der Alten, die ihre Kanne inzwischen abgestellt hat, während Rainer pflichtschuldig am Nachbargrab herumstochert und Grashälmchen zupft. Der schwere Älblerdialekt pendelt sich im Lauf der Unterhaltung auf Bärbels gepflegtes Stadtschwäbisch ein. Es geht wieder um Emmi, Karlenas Patentante und beste Freundin der Omma. »Sechs Kinder, lauter Buben, so blond und sauber. Deine Mutter ist immer mit denen rumgezogen. Das war eine Bande. Kein Kirschbaum war sicher vor denen, kein Kuchenblech. Die Emmi hat nur gelacht: Buben sind halt Buben, und die Karlena, das ist ja auch ein halber Bub. Das Kreuz hat sie bekommen, das silberne. ›Das Kind ehrt die Mutter‹ stand da drauf. Da war das ganze Haus voller Blumen, Gedichte haben die Kinder aufgesagt, von Stuttgart ist einer in Uniform gekommen, zur Verleihung. Und dann, eine Woche später, kriegt sie die Lungenentzündung. Nach drei Tagen war alles vorbei. Wenigstens kann sie hier liegen, in Ermislauh, hat nimmer umziehen müssen.«

Rainer und Bärbel waren ungefähr zwei Stunden in seinem dunkelblauem Golf unterwegs. Die Fahrt auf die Alb hatte ihm gefallen. Das letzte Mal war er bei einem Schulausflug hier oben gewesen. Irgendeine Höhle wurde besichtigt, Fledermäuse und Tropfsteine, er hatte den

Namen vergessen. Es war nicht viel Verkehr, ein ruhiges Gleiten durch eine freundliche, sanft gewellte Landschaft in Herbstfarben. Abgeerntete Felder in ordentlichen Streifen wie eine altmodische Sonntagsschürze, dazwischen Waldstücke, das Lichtgelb der Buchen, knallroter Ahorn, dunkle Nadelbäume. Immer wieder Dörfer: Fachwerk, Kirchturm, Misthaufen, sorgfältig polierte Daimler vor Scheunen und Ställen. Und ringsum die Kuppen der Alb, er konnte sie nicht benennen. Bärbel rutschte auf dem Sitz hin und her und zog Haare aus ihrem Pferdeschwanz.

»Wer kommt denn nun alles zu eurem Treffen? Dein Vater vielleicht?« Sie runzelte ärgerlich die Brauen. »Mein Vater war kein Ermislauher, sondern ein Tunichtgut aus dem Badischen. Er ist abgehauen, das weißt du doch. Wir haben nie wieder von ihm gehört. Wozu auch.« Dann zeigte sie aufgeregt aus dem Fenster. »Da mußt du lang! Rechts abbiegen, schnell!« »Aber da steht doch ›Truppenübungsplatz‹. Das kann nicht sein, Bärbel.« »Ich hab es dir doch erzählt. Nie hörst du zu! Mach schon, sonst kommen wir zu spät!« Während er blinkte und dann langsam in die scharfe Kurve der Abfahrt hineinglitt, immer noch verwundert über den Wegweiser (›Zum Truppenübungsplatz. Zufahrt nur für Angehörige der Streitkräfte!‹), kramte Bärbel in ihrer Tasche. Den großen buntgestreiften Beutel kannte Rainer aus sommerlichen Freibadzeiten. Zwischen Thermoskanne und zwei Bananen brachte sie ein leicht angeschmuddeltes Heftchen hervor, das typische Produkt eines Volkshochschulkurses: Senioren am PC, Textverarbeitung leicht gemacht. ›Ermislauher Heimattreffen‹, in Fraktur, darunter die Kirche im Vierfarbdruck, selbstverständlich ohne zertrümmerte Fenster und schadhaftes Dach. Bärbel blätterte hektisch. »Am Wegweiser ›Zum Truppenübungsplatz‹ rechts abbiegen, dann immer geradeaus bis zum Riedbaum.« Rainer schnalzte mit der Zunge. »Was ist denn ein Riedbaum? Bärbel, ich bin kein Botaniker. Geht's nicht auf hochdeutsch, sonst kommen wir nie zu deinem Bauernmeeting.« Sie rümpfte die Nase, die heute ungewohnt Make-up-frei geblieben war. Er entdeckte ein paar verblasste Sommersprossen auf dem Sattel. »Es ist keine Schande, Bauer zu sein. Tägliches Brot aus heiligem Boden, sagt Mutsch immer. Und der Riedbaum, das ist das Wahrzeichen von Ermislauh. Eine alte Weide. Der Opa hat sich da immer Zweige geschnitten, für seine Körbe. Da vorne steht er.«

Der riesige Baum war tatsächlich nicht zu übersehen. Aus dem tonnenförmigen Stamm schossen die schlanken Ruten in dichten Büscheln, wie eine Ansammlung übergroßer Reisigbesen. Sie stiegen aus. Bärbel streckte sich und machte ein paar Rumpfbeugen. Rainer bewunderte sie heimlich, die langen Beine, den kleinen festen Po, sexy trotz der weiten Hosen. Mit Bedauern dachte er an ihr sonntägliches Ritual: gemütliche Stunden im Bett ohne Wecker, Hektik oder abendliche Kopfschmerzausreden, anschließend Milchkaffee, Dreiminuteneier und jede Menge Zeit. Statt dessen folgte er ihr durch ein Dickicht aus Goldruten und hüfthohen Disteln, immer das Blättchen vor der Nase. Bärbel schulterte die bunte Tasche. »Beim Riedbaum rechts halten, das ist richtig hier, das spür ich auch. Ermislauh ist ganz in der Nähe.«

Inzwischen hat Bärbel es geschafft, den Stein freizulegen. Ihre linke Hand blutet. Die frisch geharkte Erde ist klebrig und riecht nach Essig. Ein paar sehr dunkle Regenwürmer winden sich an der Oberfläche. Der Stein ist schwarzgrün bewachsen und gibt nichts preis. »Ich möcht so gern die Emmi finden«, keucht sie. »Wir haben Grablichte für alle dabei, 24 Stunden Brenndauer, und Blumen. Omma hat gestern noch bis halb elf gebunden. Astern und Chrysanthemen. Sieht wunderschön aus.

Und die Trudel Fröschle hat mir eben erzählt, sie hat auch Kreuze gemacht, aus Islandmoos. Die haben eine Gärtnerei in Saulgau. Früher war sie Ommas und Mutschs Nachbarin.« Rainer mustert sein Grab. Die immergrüne Bepflanzung hat er ziemlich gut hingekriegt, grasfrei, es sieht ordentlich aus. Zwischen dem obligatorischen Efeu hat eine Rose geblüht. Auf den Spitzen des riesigen Dornbusches sitzen knallrote Hagebutten, darunter liegt der Grabstein, klein und unlesbar. Beim Jäten hat er eine braune Glasscherbe zutage gefördert. Ob die braven Ermislauher auf ihrem Friedhof gesoffen haben? Es würde jedenfalls ein tolles Hallo geben bei den Kopftüchern und ihren Männern, wenn ausgerechnet er, der Stadtfratz mit der Brille, die Dorfhonoratioren freikratzen würde. Wenn schon nicht den Lehrer, dann wenigstens den Bürgermeister oder den Pastor.

Rainer fragt sich, wo die Männer eigentlich geblieben sind. Vor der Kirche hatte er eine ganze Anzahl gesehen: hustende, lachende und schulterklopfende Polyesterwindjackenträger mit Cordhüten und Kassenbrillen. Im Gegensatz zu den Frauen waren die wenigsten in Tracht erschienen. Und dann standen da noch zwei Typen in seinem Alter neben dem verfallenen Portal und rauchten. Er fragt Bärbel. »Die Männer sind mit dem Professor in der Kirche. Er ist extra aus Stuttgart mitgekommen, im Bus. Und er will ein Gutachten schreiben, für Spenden und so. Die Kirche ist sehr alt, da sind Wandbilder aus dem Mittelalter drin, und vielleicht gibt es Gelder vom Land für die Renovierung. Stell dir mal vor, wie schön das wäre, wenn wenigstens ein Gebäude in Ermislauh nicht mehr kaputt und verfallen ist. Man könnte wieder Gottesdienst feiern.« Rainer nickt und schabt mit der Glasscherbe über den Grabstein. Eine dicke samtige Moosplatte löst sich und gibt gelblichen Sandstein frei. Eine renovierte romanische Kirche mitten auf dem Truppenübungsplatz. Einmal jährlich zur Benutzung freigegeben. Eigentlich ein Fall für den Bund der Steuerzahler. Zumal er Bärbel, Karlena und die Omma nur einmal in einer Kirche gesehen hat, zur obligatorischen Christmette, hektisch im geliehenen Gesangbuch blätternd, mit Gänsefett im Mundwinkel.

Die Flechten geben nicht so leicht nach wie das Moos. Sie sind grau, zitronengelb und orangebraun, fest mit dem Stein verwachsen. Kleine Bröckchen lösen sich beim Schaben. Er arbeitet mit weit ausholenden Armbewegungen, führt die Scherbe wie ein Schnitter seine Sense. Ein schlichtes Kreuz wird in der linken oberen Ecke sichtbar, dann kann er Buchstaben und Zahlen erkennen. »Gut machst du das!« Bärbel legt ihm die Hand auf die Schulter. Sie strahlt und küßt ihn. Eine Mischung aus frischem Schweiß und kalter Herbstluft steigt aus ihrer geöffneten Jacke auf. Rainer läßt sich von ihr aus der Hocke hochziehen. Sie stehen zwischen Unkrauthäufen und Erdklumpen. Zwischen die eiskalten Lippen und Zähne schlüpft die Zunge wie ein warmer Fisch. Er schließt die Augen und vergräbt das Gesicht an ihrem Hals. Chanel Nr. 5, ein Hauch nur. Er denkt sich zurück auf das breite Bett, die Kuschelmonster und -mäuse riechen alle genauso, es ist warm und weit weg von Ermislauh.

Sie waren über eine Viertelstunde zu Fuß gegangen. Der dunkelblaue Golf blieb bald außer Sichtweite. »Wir können laufen, das ist doch viel schöner. Für die anderen gibt es einen Bus, die haben eine Erlaubnis vom Kommandanten des Truppenübungsplatzes. Mutter und die Omma treffen wir vor der Kirche. Dann lernst du die anderen auch kennen, es sind noch ganz schön viele. Die meisten sind natürlich alt.« Das hohe Gras war noch feucht, sie schreckten einen Hasen auf, der mit großen Sprüngen das Weite suchte. Es roch nach Erde und Pilzen. Statt der sorgfältig geordneten Dorfmarkungen, die sie vorher durchfahren hatten, gab es hier Heidekraut und viele kleine Büsche. Sie überwucherten einen löchrigen, an vielen Stellen aufgerissenen Boden, dem man deutlich die Spuren schwerer Militärfahrzeuge ansah. Immer wieder erschrak Rainer über die Schilder: ›Militärisches Sperrgelände. Lebensgefahr. Scharfschützen.‹ Andere Hinweise, etwa einen Wegweiser mit dem Ortsnamen, sah er nicht. Er setzte seine Schritte behutsam, vor dem inneren Auge ein TV-Bild der Prinzessin von Wales, die mit Schutzkleidung und monströser Plastikbrille, das Minensuchgerät auf der Schulter, über den vertrockneten Boden irgendeines Bürgerkriegsschauplatzes stakst. Ein paar Vögel, die Rainer nicht kannte, zwitscherten in den verwilderten Hecken. Geraschel, Knakken, aber keine Schüsse. »Die Birnenallee führt uns direkt nach Ermislauh hinein«, las Bärbel vor. Die Wege waren vollständig zugewachsen, und die einstmals ordentlich zurechtgestutzten Holunder- und Haselnußbüsche an den Rändern hatten sich bis in die Mitte vorgearbeitet. Einmal kletterten sie über einen umgestürzten Baum. Dann traf es Rainers Nase, völlig unvermittelt, nach all den Waldgerüchen: leicht faulig, süß und schwer. Im hohen Gras konnte man die herabgefallenen Birnen kaum sehen. Er trat mitten hinein, es quatschte unter seinem Schuh. Müde Wespen taumelten umher. Die ledrigen Blätter waren bereits braun und schwärzlich. Wasserschossen, wilde Triebe, machten die Birnbäume struppig, die wenigen Früchte an den vermoosten Ästen sahen klein und unansehnlich aus. Bärbel pflückte eine, biß hinein und spuckte aus. »Total verwurmt. Die Mutter hat hier immer gemaust, zusammen mit den anderen Dorfkindern. Es muß eine tolle Zeit gewesen sein. Schade, daß ich das alles nicht auch erleben durfte.« Rainer wischte seinen Schuh im Gras ab. »Eine tolle Zeit, mit dem Krieg vor der Haustür! Wieso sind die eigentlich alle auf einmal aus ihrem Dorf weggegangen? Wurde es bombardiert?« Sie stiegen bergan, flankiert von Birnendunst. Bärbel schüttelte den Kopf. »Du hörst mir nie richtig zu. Ich habe es dir doch schon mal erzählt. 1938 wurde der Truppenübungsplatz vergrößert, da war noch gar kein Krieg. Die Vergrößerung mußte sein, wegen der Verteidigung, damit die Soldaten üben konnten, Häuserkampf und so. Ermislauh wurde enteignet, vom Reich. Sie haben alle neue Stückle bekommen oder Geld. Manche waren dadurch besser dran als vorher. Aber das Heimweh nach Ermislauh, das hat nie aufgehört. Und einmal im Jahr treffen wir uns hier.«

Dann erblickten sie das Dorf: eine breit am Berg hingelagerte Siedlung mit weiten Straßen und geräumigen Höfen; auf dem Kirchturm drehte sich der Wetterhahn, alles wirkte normal. Bärbel griff nach seiner Hand. Die Stille war bedrückend. Man erwartet hier ein bißchen Geklapper, Radiogedudel, Motorengeräusche, Stimmen. Die vereinzelten Vogelschreie, das Knistern und Rascheln, die fußlosen Tritte wirkten, anders als draußen auf den Feldern, nur unheimlich. Die Häuser sahen auf den ersten Blick gut erhalten aus, mit Fachwerk und den geschindelten Spitzdächern. Holunderbüsche strotzten vor fast jeder Tür, die tiefschwarzen Beeren hingen an rötlichen Doldenstengeln, das Blattwerk dazwischen leuchtete gelbgrün. Erst beim Näherkommen, immer noch Hand in Hand, nahm Rainer die hohlen Fensterlöcher, die geborstenen Giebel wahr, die vielen offenstehenden Haustüren. »Geh nicht rein, es ist alles kaputt, nachher kommt die Decke runter!« Bärbel krallte sich mit beiden Händen in seine Lederjacke. Den Kopf durch ein Fenster stecken, das durfte er. In der ehemaligen guten Stube wuchsen Brennesseln und Disteln aus dem Holzfußboden, die Deckenbalken trugen grünes Moos.

»Wo ist das Haus von deiner Omma?« fragte er. Bärbel errötete. »Keine Ahnung. Ich muß sie nachher bitten, daß sie mit uns hingeht. Es ist irgendwo hinter der Kirche, am Dorfausgang. Mutter wüßte es natürlich. Komm, es ist gleich zwölf, wir müssen zum Treffpunkt.« Das Knattern des Busses, vollklimatisiert, Relaxsessel, Chemieklo, war in die Stille hereingebrochen. Fast erleichtert hatte Bärbel ihn auf das Gelächter und Geschwätz zugeführt, das vom Kirchplatz her durch das Dorf drang.

Mit einem letzten Kuß auf die kalte Nasenspitze löst sie sich von ihm und zeigt auf den Grabstein. »Das sieht ja schon ganz toll aus. Ich hol noch eine Bürste, dann können wir bald lesen, wen wir hier gefunden haben. Kannst du bei mir auch noch ein bißchen kratzen?« Die Scherbe hat sich in Rainers Händen erwärmt. Die Sonne gibt dem braunen Glas das Aussehen von Tannenhonig. Oder Rothaus Pils. Rainer bläst die Flechtenkrümel weg und folgt der freigelegten Inschrift mit dem Finger. Emil Bethler, 1920–1937. Darunter ein Bibelspruch: ›Sieh, ich habe dich eingeschrieben in mein Buch.‹ Beklemmend jung, dieser Emil. Woran mag er wohl gestorben sein? Wahrscheinlich auch an Lungenentzündung, damals war die medizinische Versorgung ja noch nicht so großartig, vor allem nicht hier oben. Rainer schabt ein paar Moosreste aus dem eingemeißelten Kreuz und pustet wieder. Dann macht er sich an Bärbels Stein. Archäologie in Ermislauh. Er ertappt sich bei einer gewissen Hast, spürt sogar Herzklopfen. Wer sind diese Toten? Karlenas und Ommas Geschichten, Bärbels Heimatgeschwafel, das sicher wie auf Knopfdruck verstummt, sobald sie auf die B 27 abbiegen, haben ihn gepackt. Es ist etwas Besonderes um diese Ruine von einem Dorf, die völlige Abgeschlossenheit, den fast rituellen Besuch der ehemaligen Bewohner. Er muß an das Märchen von der versunkenen

Stadt denken, die nur einmal im Jahr aus dem Meer aufsteigen darf. Auch unter Bärbels Stein liegt ein Mann. Er heißt Karl Kienzle und ist 55 Jahre alt geworden. Bei ihm gibt es kein Kreuz. Mit einem kleinen Knacken in den Gelenken verläßt Rainer die Hocke und schlendert zu Bärbel und den anderen hinüber. In der einen Hand hält sie eine Wurzelbürste, in der anderen ein belegtes Brötchen. Um den vollständig in sich zusammengesunkenen Brunnentrog, hinter dem noch ein paar durchgerostete Gießkannen liegen, haben sich sämtliche Frauen versammelt. Es riecht würzig und scharf, Rainer muß schlukken. »Rainer, Bub, Veschperpause!« ruft Karlena ihm entgegen und füllt eine Plastiktasse mit Gulaschsuppe aus einer riesigen Thermoskanne. »Wer schafft, der muß au veschpre.« Der Mann, der ihm die Bäckertüte hinhält, sieht aus wie die fünfzig anderen Ermislauher Senioren, die vor drei Stunden aus dem hellblauen Reisebus geklettert sind: Kleidung in verschiedenen Braun- und Grauabstufungen, rotes Gesicht, die Nase leicht ins Bläuliche changierend, kleine Augen hinter den etwas schmierigen Brillengläsern. »So, das isch also Bärbeles Freund«, nickt er. Bärbel lächelt den Alten an. »Seit über einem Jahr schon. Wir wollen im Frühjahr zusammenziehen. Rainer ist Manager.« Stolz nennt sie den Namen der Fastfood-Kette. »Ha, da könnet Se ja froh sein, daß Se bei uns ebbes Ohständiges zu essen kriaget.« Rainer lacht höflich mit. Den Namen des Alten hat er nicht verstanden. Die Omma drängelt sich neben sie, ihre aufgesprungenen Lippen zittern ein wenig am Rand des Kaffeebechers. »Der Hämmerle-Schorsch, das war einer von den wichtigsten in Ermislauh, gell Schorsch? Alles hat der uns organisiert. Ordnung gehalten. Und was haben wir gefeiert! Erntedank, Sonnwendfest, immer hat's einen Umzug gegeben mit Fahnen und Fackeln und Musik. Ich seh's noch vor mir, das ganze Dorf in Rot,

Schwarz und Weiß! Und heute organisiert er die Jahresfahrt, glernt isch halt glernt.« Hämmerle tätschelt der Omma vorsichtig den Schulterknochen, der sich durch den schwarzen Stoff der Tracht bohrt. »Ja, Gretl, ohne dich und die Emmi, da hätt manches Fest arg arm ausgesehen. All die Zöpf und Kuchen! Und die Flagge sogar gebügelt, das hat net jede gemacht.« Beide lachen, schaler Gebißatem weht Rainer entgegen, er wendet sich ab. Die heiße Suppe verbrennt ihm Zungenspitze und Schlund, hastig stopft er mit dem zähen Brötchen nach. Bärbel faßt ihn um die Hüfte. »Na, warst du noch fleißig? Omma, Herr Hämmerle, kommt mal mit, wir müssen euch was zeigen! Da hinten sind ein paar Steine, wir wissen nicht, wen wir da freigekratzt haben!« Ausgeschlürfte Tassen, zerknüllte Servietten und Brötchenreste wandern in einen herumgereichten Müllsack, der ordentlich verknotet neben die Berge von Gartenabfall gelegt wird. Dann macht sich eine kleine Prozession auf den Weg zu den Gräbern an der Friedhofsmauer. Rainer ist der letzte. »Es fehlt nur noch der Sarg«, denkt er. Aus den schwarzen Röcken der Frauen steigt der Geruch von Mottenpulver auf. Das Licht ist bereits schwächer geworden, in einer Stunde wird es ganz dämmrig sein. Im Wipfel des Walnußbaumes hämmert ein Specht. »Sauber habt ihr's gemacht, fast wie die echten Gärtner«, lobt die unförmige Trudel Fröschle, während sie in ihrem Korb kramt. Sie fördert zwei dicke rote Grablichte und zwei Asternsträuße zutage. Hämmerle und die Omma beugen sich über die Inschriften. Die anderen bilden einen Halbkreis und versuchen, auch etwas zu erspähen. Anerkennendes Gemurmel in der Runde. Dann hebt Hämmerle den Kopf und lacht: »Trudele, pack dein Sach wieder ein! Die jungen Leut, die haben in der Asozialen-Ecke geschafft. Jammerschad! Den Bethler-Emil und den roten Karle haben sie gefunden!« Die Frauen murmeln und schütteln die Köpfe. Blumen und Kerzen werden wieder verstaut. Für einen so alten Mann überraschend behende schnellt der Hämmerle-Schorsch vom Boden empor. Er reicht der Omma den Arm. Die Versammlung löst sich auf, alles strebt in Richtung des durchgerosteten Friedhofstores, wo zwei Männer in Rainers Alter aufgetaucht sind. Die Raucher, er erinnert sich. Die Kragen ihrer modischen Lammfelljacken haben sie hochgeschlagen. Der eine hält ein Mikro mit dem Emblem eines Lokalsenders. Hämmerle winkt ihnen aufgeregt zu. »Kommet Se, meine Herren, wir machet einen Rundgang. Erscht unser historisches Gotteshaus, dann der Friedhof, wo unsere Lieben liegen. Wir hatten nicht viel Zeit, aber viele fleißige Hände. Das macht die Liebe zu unserem Ermislauh.«

Karlena zieht Bärbel am Ärmel. »Komm, Mädle, die wollen Interviews machen und eine Reportage über uns. Ermislauh im Radio. ›Das Geisterdorf auf der Alb‹ wollen sie es nennen.« Bärbel bleibt neben dem Bethler-Grab stehen, die Füße ins zertretene Gras gestemmt wie ein bockendes Tier. »Mutsch, was hat das zu bedeuten? Wer waren diese Leute?« Karlena wedelt mit den Fingern durch die kalte Luft, als wolle sie eine lästige Fliege verscheuchen. »Ach, das ist so lange her. Ich weiß es nicht mehr genau, nur von der Omma. Der Bethler-Emil, der war nicht ganz richtig im Kopf, der lachte immer rum, machte in die Hosen, rannte wie angestochen durch den Flecken. Der hat bei seiner Mutter gelebt, der Bethler-Else, die war Witwe. Eine ziemlich schmuddlige Person, die konnt nie ihr Sach zusammenhalten. Viele haben gesagt, der Bub ist so, weil die so dreckig ist. Wir hatten nix mit ihr zu tun. Ich hab mal bei ihr geklopft, als ich sammeln war, für die Jungmädel, da wollt sie mir einen Saft geben, den hätt ich am liebsten nicht genommen, das Glas war ganz klebrig. Ihre Hühner hatten ständig

Pips und Kückenruhr. Und den Emil haben sie dann weggeholt, in irgendein Heim. Da hat er es bestimmt besser gehabt als bei seiner Mutter. Obwohl die ein Riesentheater gemacht hat. Und in dem Heim ist er dann gestorben. War bestimmt das beste für ihn. Sie hat ihn hier begraben und ist weggezogen, ein Jahr vor der Umsiedlung. Ihr Haus war so verludert, das hat man glatt abreißen können.« Die schwindende Sonne fällt Bärbel direkt ins Gesicht. Sie kneift die Augen zusammen. Rainer kann die Flaumhärchen sehen, jedes einzelne ist vergoldet. »Und der Karl Kienzle?« fragt er. »Der rote Karle war ein Schwätzer und Bruddler, dem nie was recht war. Der hatte immer nur zu meckern, ein Kommunist und Wirtshaushocker, hat die Omma erzählt. Ich weiß noch, daß der jedesmal an unser Haus und an das von der Emmi gepißt hat, wenn er aus der ›Sonne‹ kam. Vor dem hab ich mich gefürchtet. Ein böser Mensch war das. Ich war richtig froh, daß sie den geholt haben. Er ist auf den Heuberg gekommen, da mußte er arbeiten, konnte nimmer saufen und krakeelen. Und wir hatten Ruh. So Kinder, genug mit den alten Geschichten. Ich will jetzt zu den Radioleuten gehen.« Sie dreht sich um und geht langsam und aufrecht über den sauber gerechten Weg auf das Tor zu. Die linke Hand rafft den langen Rock an der Seite hoch.

Auf den geschmückten Gräbern tanzen die Flämmchen der 24-Stunden-Lichter, beleuchten die graugrünen Islandmoos-Kreuze, die ordentlich bepflanzten Schalen und Herbstblumensträuße. Man kann die Stimmen der Ermislauher und der Reporter über die Mauer hinweg hören, dann entfernen sie sich, ein unbestimmtes Gemurmel bleibt im Ohr. Bärbel packt die Bruchstücke der roten Harke und das andere Werkzeug ein, klopft sich die verschmutzte Hose ab. »So ein Pech, daß wir ausgerechnet den Dorftrottel erwischt haben. Na, komm, wir gehen mit den anderen. SDR 1, stell dir das mal vor.« Die untergehende Sonne färbt den Himmel blaßrot. Die reifen Hagebutten am Rosenstrauch des Kienzle-Grabes glühen durch das schwarze Geäst. Es ist erheblich kühler geworden. Rainer rührt sich nicht. Er dreht sich zu Bärbel. »Findest du das gut, daß die alle jetzt einfach abhauen? Diese Männer, die sind doch in Lager gekommen, oder?« Er stampft mit dem Fuß auf. Die weiche Friedhofserde federt nach, sein Stiefel hinterläßt einen Abdruck, aber keinen Laut. Bärbel schüttelt den Kopf. Ihr Haar leuchtet in einem unwirklichen Feuerton. »Rainer, schau, ich bin wirklich nicht so wie die Omma oder der Hämmerle, die haben halt an das alles geglaubt. Und es war sicher manches nicht richtig. Aber weißt du, in die Praxis, zu der Frau Doktor, da kommen manchmal Frauen mit ihren Kindern, die nicht ganz in Ordnung sind. Die brüllen und leiden und sabbern. Das mit anschauen zu müssen tut richtig weh. Und bei denen denke ich, vielleicht wäre es für die wirklich besser gewesen, wenn ...« Sie legt eine erdverschmierte Hand auf seinen Arm. »Komm, laß uns gehen, es ist doch unheimlich so ganz allein auf einem Friedhof.« Rainer schüttelt sie ab. »Laß mich.« Bärbel zuckt die Achseln. Er kann ihr Mienenspiel in der einsetzenden Dämmerung nicht erkennen. Sie dreht sich um und verschwindet durch das Tor, ähnlich gravitätisch und schwer im Tritt wie Karlena. Herumkeifen war noch nie ihr Ding. Sie schweigt lieber. Würdige Landfrauen.

Rainer ist allein zwischen den Kreuzen und dem dunklen Gebüsch. Das kitschige Abendrot ist einem tiefen Blauton gewichen. Bald wird man gar nichts mehr sehen können außer flackernden Kerzen. Hastig schreitet er die Reihen ab. Helmut Gieger, Oberlehrer. Ein opulentes Gesteck mit Tannengrün und Rosen. Johanna Häfele, beste Mutter. Adolf Kurz, Landwirt. Sie alle haben

Astern, Dahlien und Chrysanthemen. Rainer geht vor den Gräbern der Ermislauher Honoratioren in die Knie. Angelt über die schmiedeisernen Zäunchen, die die Ruhestätten putzig einfassen. Das Tannengesteck ist stachelig, er läßt es liegen. Die anderen Gebinde ruhen kühl und feucht in seinem Arm. Er atmet den starken Geruch der Blüten, deren fedrige Köpfe an seiner Schulter nikken. Hastig kehrt Rainer in seine Ecke an der Mauer zurück. »Bethler-Emil und roter Karle«, murmelt er, als er die Sträuße auf die Gräber packt. Sein Herz schlägt sehr schnell, er hat schweißige Hände. Verschiedene Schüleruntaten trudeln an die Oberfläche seiner Erinnerung: schweinische Sprüche auf der Wandtafel, Rauchen im Klo, das Versteck in der Mädchen-Umkleide. Bei den Kerzen bedient er sich nicht. Beide Grabsteine sind aus gelbem Sandstein und sind in der schnell dunkler werdenden Umgebung immer noch zu erkennen, zwei helle Blöcke. Mit hängenden Schultern steht Rainer davor, liest noch einmal die Inschriften. ›Ich habe dich eingeschrieben in mein Buch.‹ Er tastet in der Jackentasche nach seinem Handy. Ein Taxi kommt bestimmt bis zur Ausfahrt Truppenübungsplatz. Vielleicht sogar bis zum Riedbaum. Auf die Birnenallee findet er bestimmt zurück, aber dann? Der Weg durch das unbeleuchtete Gelände wird sicher nicht einfach. Er tritt von einem Bein aufs andere. Sein Magen knurrt.

Das helle Blöken einer Autohupe, dreimal kurz, einmal lang, gellt durch die Anlage. Die Heckscheinwerfer malen eine schmale weißgelbe Bahn auf den Hauptweg. »Junger Mann, wollet Se hier Wurzle schlage?« Der Hämmerle-Schorsch lehnt in der geöffneten Tür des Busses und winkt. Hinter den Scheiben sitzen die Ermislauher dutzendfach aufgereiht. Die alten Frauen haben die Kopftücher abgenommen und nesteln an ihren Frisuren. Sie sehen ein wenig zerzaust, aber völlig alltäglich aus,

Senioren auf dem Heimweg von einer Kaffeefahrt. Karlena führt einen kleinen Kamm durch die violett getönte Dauerwelle. Bärbel sitzt neben ihr und betrachtet sich in einem Taschenspiegel. Sie malt ihren Mund an, flamingopink, dann schaut sie zu ihm herüber, winkt auch. Ganz vorne sieht Rainer die beiden Radio-Typen, sie lachen und fummeln an ihrem Aufnahmegerät. Wahrscheinlich nutzen sie die Rückfahrt für Interviews mit den Zeitzeugen. »Wir brenget euch zu eurem Auto, es isch ja stockfinschter«, ruft Hämmerle. Die Namen auf den Grabsteinen sind unlesbar geworden. Rainer kann seine Blumengaben im Umriß erkennen, zwei dunkle Häufchen auf dem kalten Boden. Der Motor brummt. Rainer macht einen Schritt, dann zwei, seine Füße tasten sich den dunklen Pfad entlang, einmal stolpert er, dann endlich der Hauptweg. Kies knirscht, der Busfahrer betätigt die Lichthupe, und er rennt auf die hintere Tür zu, die sich mit einem schmatzenden Laut ihrer Gummidichtungen öffnet und ihn einläßt.

Affenadam

Und mag den kühlen Tag nicht,
Der hat ein Glasauge.
Else Lasker-Schüler

»Du bist Arzt? Dann mußt du mich einladen. Ich brauche einen Arzt.«

Von diesem Augenblick an habe ich sie am Hals, ausgerechnet sie, Tino, wie sie sich später vorstellt, von allen Weibern in der bis zu einer Sichtweite von unter fünfzig Zentimetern zugequalmten Friedrichshainer Kneipe. Es verkehren hier hauptsächlich Leute, die Gehirnwichsereien wie Romanistik, Byzantinistik oder Ur- und Frühgeschichte als sinnvolle Nutzung der Studienzeit bezeichnen. Eigentlich habe ich mich geweigert, den Laden zu betreten. Schon die Fassade ist ein Fall für die Geschmackspolizei: dämliche Anarchosymbole und vorgestrige Slogans dicht an dicht auf den bröseligen Außenwänden, und natürlich wehen Piraten- und Regenbogenflaggen aus jedem Loch. Die Nachbarschaft passt dazu: Arbeitermietskästen aus den zehner Jahren, Blechmülltonnen im Hinterhof, Braunkohledunst, knarrende Dielen. Diese Ostviertel lassen mich völlig kalt. Was soll auch rüberkommen bei einer Architektur, die aussieht wie vertrocknetes Graubrot?

Das Interieur entspricht ganz meinen Befürchtungen, vergammelte Plüschsofas im Schein von triefenden Stearinkerzen und – ich hasse das Wort, ich hasse den ganzen angesagten Einrichtungsmüll – Retrolampen. Dazu ein wirklich beschissener Tag: sieben Stunden in der Seminarbibliothek wie wahnsinnig gepaukt. Spalteholz, Handatlas der Anatomie des Menschen, gestohlen, Benninghoff und Sobotta dauerhaft ausgeliehen, in zwei Wochen Klausur. Aber Udo, Udo Hase, seit dem legendären Physikum von 99, als aus unserer Lerngruppe sage und schreibe drei Leute durchkamen, nämlich Udo, ich und die knochige Dorothee, Udo Hase also, mein Mai-Thai-Kumpel, Corps-Bruder und treuer Kommilitone, schubst mich durch den in alptraumartigem Orange knisternden Kettenvorhang: »Los, geh schon! Hier drin triffst du Weiber, die haben lateinische Lyrik im Original gelesen, Ovid, Ars amatoria, die Kunst des Liebens. Hat mir eine vorgeflüstert, währenddessen. Die hab ich auch hier aufgegabelt.«

Gedrängel von Cordjacken- und Ziegenbartträgern. Aber Weiber gibt es tatsächlich. Ohne rosa Angora-Twinsets. Ohne Perlenohrringe, Tagesschaumiezenfrisuren und gesunde Bräune. Udo ist bereits vor Anker gegangen bei einer Kahlrasierten mit Eidechsentattoo und Designerhundehalsband. Er prüft ihre im Schein der Lavalampen neongelbe Oberarmhaut zwischen Daumen und Zeigefinger und gibt dabei zweifellos dermatologische Weisheiten zum besten: größtes Organ des Körpers, 100 Schweißdrüsen pro Quadratzentimeter. Was den Laien halt so beeindruckt. Udo will heute abend alles mitnehmen, voll nach dem Motto Gaudeamus igitur, und das geht hier besser als auf einer ›Law meets Medicine‹-Party. Nicht daß die Damen bei uns im Fachbereich häßlicher wären. Oder prüder. Im Gegenteil. Ich habe auch nichts gegen Angora. Es ist nur so: Ein Mädchen kann nachts noch so abgehen, aber wenn sie dann am nächsten Morgen mit seligem Lächeln davon anfängt, wie interessant der Auskultationskurs sei oder daß man ja zusammen eine Lerngruppe für pathologische Anatomie aufmachen könne ... Diese Orchideenfachstudentinnen haben einfach weniger Bodenhaftung, sie sind fantasievoller bei ihren Klamotten und in der Küche. Udos Lateinhäschen konnte tatsächlich Sushi rollen. Und antike Sauereien toppen in jedem Fall den Merkspruch für den Plexus lumbalis.

Ich besehe mir das Angebot. Bleibe bei einem Blondchen im Lurexpulli hängen, das mit halbgeschlossenen Augenlidern die Crema von seinem Espresso schlürft und dabei mit der linken Hand aus dem Wachs der Tischkerze eine Kugel dreht. Eine Frau, die zwei Dinge gleichzeitig tun kann, eröffnet Perspektiven für den weiteren Abend. Außerdem sind Blondchen sauber und sexy, die echten zumindest. Ich bin kein großer Anhänger von dunklen Stoppeln auf den Beinen und Urwaldgebüsch über Möse und Achselhöhlen. Mitten in meine Überlegungen hinein – Frontalangriff mit einem neuen Espresso oder lieber die bei Udo so beliebte Medizinmann-Show – platzt dann sie. Tino. Nichts weniger als eine Blondine und auch sonst nicht mein Traum. Trotzdem glotzt man ihr ziemlich hinterher, als sie auf mich zukommt und mit spitzem Fingernagel die feisten roten Windungen der Äskulapschlange auf meinem Arzt-im-Dienst-T-shirt nachzeichnet. Udo hatte die Dinger im Copy-Shop in der Chausseestraße machen lassen. Peinliches Zeug, aber wir wollten ja nicht in die Oper.

Ich betrachte die Kleine. Große, halterlose Titten, die sich unter einem durchsichtigen, mit goldenem Ethnokitsch und Spiegelplättchen besticktem Oberteil herumwälzen wie zwei depressive Seekühe, denen die Entscheidung schwerfällt, ob sie auf- oder abtauchen sollen. Für diese Riesendinger ist sie ein bißchen klein geraten, das kompensiert sie durch goldene Stiefeletten, Modell Uroma, mit Knöpfchen, die unter einer violetten Pluderhose hervorsehen. Das Haar ist natürlich dunkel, Pagenfrisur, die Augen von schwarzem Zeug umschmiert. Mehr Schmiere als Auge. Da steht sie nun und sieht zu mir hoch wie ein Kleinkind aus der Sandkiste. »Ich muß mit dir sprechen.« Einige scheele Blicke von anderen Typen lassen mich ein Getränk für sie organisieren. Dann ist eben heute der Tag der großen Titten. Was soll's. Vielleicht gar nicht so schlecht. Wir setzen uns auf ein Sofa in der hintersten Ecke. Sie rückt sehr nah ran.

Es ist erfahrungsgemäß nicht leicht, ein Gespräch nach der Anmache im Fluß zu halten. Viel Gestotter und Gefummel mit Aschenbecher, Gläsern und Feuerzeug auf dem langen Weg in die Horizontale. Mit Tino gibt es dieses Problem nicht. Sie redet die ganze Zeit. Ihr Atem riecht nach penetrantem Zimtkaugummi, das Parfüm ist ähnlich, süß und schwer, keine Spur von Sportlichkeit. Was sie sagt, paßt dazu. Germanistik, Judaistik, Kunstgeschichte. Im Moment Hausarbeit über Lyrik, irgendein Ismus, den ich nicht mitbekomme, denn ich stelle mir gerade vor, wie ein Schweißtropfen durch den Spalt zwischen ihren Brüsten rollt und dabei ganz lang und schmal wird, weil er nicht vorbeikommt, ohne seine Form zu verändern. Dazu noch jüdische Großeltern, das trifft man ja jetzt häufiger in Berlin. Nicht unspannend. Plant Reise nach Jerusalem, besucht regelmäßig die Synagoge. Außer ›Schindlers Liste‹ hab ich zu dem Thema nichts zu bieten. Nur die Behauptung meiner Großmutter, an jüdischen Feiertagen scheine ungerechterweise immer die Sonne. Der Arsch ist übrigens auch nicht schlecht, quillt beim Sitzen ein bißchen in die Breite.

Ich höre ihr nicht richtig zu, weil ich ein neues Strategiepapier entwerfe und einen Blick mit Udo Hase tausche, der eine kleine, aber eindeutig positive Geste in Richtung auf Tinos Titten vollführt. Es wird auf einen weiteren Low-Budget-Laden hinauslaufen, noch mehr schlechte Cocktails – für unter fünf Euro kann man keinen anständigen Cocktail zubereiten, auch wenn schwarzbebrillte Modernisierungsverlierer das glauben –, und dann ist sie vermutlich fällig. »Gedichte«, sagt sie, »ohne Lyrik kann ich nicht leben. Ich untersuche sie, drehe und wende sie nach allen Seiten. Ein Gedicht rettet einen Tag, hast du das gewußt? Aber auf der Uni haben sie alle den falschen Zugang dazu, viel zu kopflastig. Ich lebe damit, ich nehme alles in mich auf. Deshalb bin ich so froh, daß wir uns getroffen haben. Ein Doktor ist wichtig für mich, im Augenblick. Es geht um den Kontext, verstehst du?« Tinos Glas ist leer. Sie streckt eine von Billigtalmi klingelnde Hand nach meiner aus und knickt die Finger um, einen nach dem anderen. »Du hast Bubenhände. Mit deinen Fingern kann man Soldaten spielen, schau, kleine Reiter, bis sie umfallen. Gute Hände für einen Arzt.«

Eine Viertelstunde später helfe ich ihr in einen schwarzen Kaninchenpelz. Sie wohnt um die Ecke, Jessner Straße, weiß deswegen wohl auch mit traumwandlerischer Sicherheit, der Hundescheiße und den knöcheltiefen Schlaglöchern auszuweichen, die hier zur Gehwegkultur gehören. »Dieser Kiez ist eben noch authentisch. Ich könnte nicht mehr im Westen leben.« Ich schalte auf Durchzug. Solange ich meine Hand unter dem gemeuchelten Kaninchen auf ihrem leicht schaukelnden Po lassen darf, soll sie reden. Das tut sie auch mit großer Ausdauer und Begeisterung, gegen den von Ossiheizungen vernebelten Sternenhimmel angestikulierend. Es ist ziemlich kühl. »Die Sterne fliehen schreckensbleich vom Himmel meiner Einsamkeit, und das schwarze Auge der Mitternacht rückt näher und näher. Ich wünschte, ich hätte das geschrieben.« Pro forma frage ich nach: »Du schreibst?« Sie erstarrt mitten auf dem Kopfsteinpflaster, senkt die Stirn. »Nein, nicht richtig. Ich suche lesend und lese suchend, taste überall nach dem Schein.«

Ihr Zimmer ist eine Höhle mit Wandbehängen, scheppernden Windspielen, Puppen, Topfpflanzen und Samowar. Sie stürzt zu einem siebenarmigen Leuchter und beginnt, Streichhölzer anzureißen. Dann hält sie beide Hände in gesunder Entfernung über die tanzenden Lichter. »Der Schabbat hat schon lange angefangen, es ist im Grunde unglaublich, daß ich draußen gewesen bin, sogar Alkohol getrunken habe. Ich muß wenigstens die Kerzen anzünden. Die Menora stammt noch von meinen Großeltern. Sei mal kurz still, ich spreche den Segen.« Gemurmel, geschlossene Augen: »Assama ja saruh, fi es supi bila uni, Ela fidda alba hire, Wa wisuri – elbanaff.« Sie sucht in einem geschnitzten Schrank, klirrt mit Gläsern. Immerhin hat sie Wodka. Ich hebe ihr gut gepolstertes Kinn mit einem energischen Zeigefinger, leuchte in das geschminkte Gesicht wie ein OP-Scheinwerfer: »Du wolltest doch ärztlichen Rat. Wo tut's denn weh?«

Sie fragt mich nach meinem Studium, dem Sezieren. »Du steigst also hinunter in die Gewölbe des Krankenhauses und schneidest die Toten auf?« Große Augen, ihre Hand auf meinem Knie. Die bei Udo Hase so beliebte Geschichte von der Pennerleiche mit Ständer spare ich mir. Statt dessen kommen mir professorale Einführungsworte über die Lippen: »Das ungeheure Geheimnis und die Würde der Toten, wir sind nur Diener und Beobachter, Respekt und Achtung, laberrhabarber.« Ins Schwarze getroffen. Sie will vieles wissen, lauter absurdes Zeug. Ob ich die Einsamkeit liebe? Ob ich schon darüber nachgedacht hätte, mich auf Haut- und Geschlechtskrankheiten zu spezialisieren? Bei jedem instinktiven Ja meinerseits kommt sie näher. Sie streichelt mein Gesicht: »Deine harte Stirne, man kann sich so recht an sie lehnen, draufsitzen wie auf einem Giebel.« Das Gesabbel macht mich ganz verrückt. Ich packe zu und küsse sie, brutal, denn das scheint sie zu wollen. Sie fühlt sich butterweich und aufregend an. Die Wodkaflasche ist plötzlich leer. Dann muß ich schiffen.

Als ich vom Klo komme, ist sie auf dem Sofa umgesackt, nach links in den Kissenberg hinein, die Titten sind in dieselbe Richtung mitgerutscht. Sie schnarcht ein bißchen, dazu brutzelt die Menora mit letzter Kraft. Wahrscheinlich ist der Schabatt schuld. Es ist eine ziemlich interessante Frage, ob das Blondchen länger durchgehalten hätte. Die Alkoholverträglichkeit bei blonden und dunkelhaarigen Frauen im Vergleich. Untersuchung zur Erlangung der Würde eines Doktors der Medizin – Graumann wäre vermutlich nicht einverstanden mit dieser Versuchsreihe. Er läßt mich, wie alle seine Studenten, über Alopezie arbeiten, die männliche Glatze. »Superthema, Clausen, damit können Sie reich werden. Was meinen Sie denn, was Ihnen Pharma- und Kosmetikindustrie zahlen, wenn Sie rauskriegen, wie man eine kahle Platte wieder begrünt!« Tinos Haar ist gefärbt, an den Wurzeln schimmert es hell durch. Also ein semitisches Blondchen, nicht zu fassen. Sie schnarcht leise.

Ich betrachte die angegrauten Rauhputzwände; Fotos überall, bestimmt zwanzig angelaufene Silberrahmen, aus denen mich adipöse Herren kritisch mustern. Tinos Vorfahren, allesamt in Rauch aufgegangen. Über ihre Bürgerbäuche laufen massive Uhrketten, den Ehefrauen sitzt die Brosche knapp unter dem Doppelkinn. Daneben kauern eingeschüchtert Knaben mit Apostasis otium in Matrosenanzügen. Das Prunkstück ist ein Rabbi mit Korkenzieherlöckchen an den Schläfen. Er muß ein Gebinde von künstlichen Blumen an seinem Rahmen ertragen. Wahrscheinlich der Wuppertaler Wunderjude, von dem sie vorhin gefaselt hat. Ihr Urgroßvater, kurz vor dem Koma hat sie ihn süßholzraspelnd beschrieben: »Ein heiliges Kind war der Rabbi, so ein rechtes Urkind, ein schlichtes, aus den Sternen auf unsere eitle Welt gefallen.« Ich greife mir den Opi und drehe ihn auf den Bauch. Staub bleibt an den Fingerspitzen. Ein Kleber auf der Rückseite: Kieztrödel, Inh. Peter Panitzke. Boxhagenerstraße, Berlin-Friedrichshain. www.panitzke-antik.de. Der Rest der Familie stammt entweder aus diesem Laden oder den Holocaust-Seiten von »Stern«, »Spiegel« und der »Zeit«, wie das Layout der Rückseiten verrät. Wie nennt man das jetzt? Korsakow-Syndrom? Ein bißchen mehr Recherche kann nicht schaden.

Ich gehe hinüber zum Arbeitstisch, einer uralten Holzwurmherberge mit tausend Schubladen, und knipse die Beleuchtung an. Immerhin, Laptop und Laserdrucker, keine schlechten Modelle. Haufenweise Papier. Bibliotheksbücher in schiefen Stapeln. »Vitalismus und Expressionismus«, »Studien zur Poetik und Geschichte der Literatur«, »Literary Life in German Expressionism«, Else Lasker-Schüler, »Gedichte 1902-1943«. Ich blättere ein bißchen. Herzkirschen waren meine Lippen beid. Es wird ein großer Stern in meinen Schoß fallen. Abraham baute die Landschaft Eden. Hat alles verdammte Ähnlichkeit mit Tinos Gesülze. Zu Lyrik fällt mir gar nichts ein, höchstens die Kunstwerke, die wir neulich abends mit den Corpsbrüdern zurechtgezimmert haben: »Solang das deutsche Weib besteht, wird jede Schraube rechts gedreht.« Oder: »Niklaus ist ein guter Mann, der von vorn und hinten kann.« Ich schiebe das Zeug zur Seite. Ausgedruckte Blätter: »Lasker-Schüler und Benn, eine literarische Beziehung im Berlin der Zehner Jahre. Die eruptiven Ausbrüche der Laskerschen Lyrik korrespondieren mit Benns expressionistischem Pathos ...« Dann klatscht etwas zu Boden, Tino knurrt im Schlaf, wühlt sich tiefer ein. Ein dünnes Bändchen. Auf dem Cover ein froschgesichtiger Typ mit Hängelidern und Karokrawatte. Ich blättere ein bißchen, ganz interessant, wohl ein Kollege, mehrfach in Weiß zu sehen, sogar am Mikroskop. Ich drehe mir die Lampe richtig hin, eine erbärmliche Funzel mit pseudo-chinesischem Papierschirm. Coole Bilder von Berlin vor dem großen Knall, die Goldelse, davor ratternde Vierspänner, Typen mit steifen Hüten, am Bahnhof Friedrichstraße eine rauchende Lok. Froschgesicht in Uniform. Später wohnt er im Westen, vernünftig. Dr. G. Benn, Berlin-Schöneberg, Bozener Str. 20 pt. Zu sprechen: Nur nach Vereinbarung. Aha, eine Bestellpraxis. Und zwischendurch Gedichte, immer wieder schräg abgedruckt, scheint ziemlich starker Tobak zu sein: verlauste Schieber, Rixdorf-Lichtenrade, Puff in Moscheeform. Und eine Parade aller Nasen aus dem Deutsch-Grundkurs, seriös in Schwarzweiß: Heinrich, Klaus und Thomas Mann, Ernst Jünger. Und dann kommt sie: diese Else, an der Tino sich abarbeitet. Mit Riesenfoto. Die größte Lyrikerin, die Deutschland je hatte. Die Kostüme sind identisch. Ich fange an zu lesen. Auf Dr. Benn ist sie also geflogen. Den Arzt. Den medizinischen Barbaren. Giselher, der Nibelunge. Abgeschmettert hat er sie, daß es nur so krachte: Keiner wird mein Wegrand sein. Laß deine Blüten nur verblühen. Mein Weg flutet und geht allein. Aber vorher muß es heiß hergegangen sein. Ich treibe Tierliebe. Ein Spalt voll Schreie ist dein Mund. Du machst mir Liebe: blutigelhaft. Wenn ich den ganzen Schmu glauben würde, gäbe es jetzt ein heißes Dankgebet an Jehova oder Moses oder wem auch immer Tino da anhängt. Wenn Affenadam gewünscht wird, dann gibt es eben Affenadam. Und anschließend: Schlund, in den du es ergießen sollst. Deutlicher geht's ja wohl nicht. Gründliche Anamnese erspart einem viel unnütze Fragerei, wenn es akut wird. Ich weiß jetzt genau, was sie will: ein bißchen Morgue-Geschwätz, ein paar Dr.-Benn-Sprüche, einen Asternstrauß, dunkelhellila natürlich. Spaziergang durch die Pathologie, wahrscheinlich reicht auch die gemeinsame Lektüre eines Anatomieatlas. Und das Beste: Wenn sie anfängt zu nerven, hat der gute Gottfried zweifellos die besseren Ratschläge drauf als Udo

Hase. Was kommt schon an gegen solche Sätze: Zur Zeit und wie mir scheint für eine lange Zeit muß ich allein leben und werde Dich nicht sehen. Punkt. Aus. Einfach brillant gegen das Gestammel, was man sich selbst in ähnlichen Situationen abgerungen hat: Wir passen nicht zusammen. Ich bin nicht verliebt. Alles Kinderkacke. Dr. Benn hat die besseren Argumente: Ich habe nur oft, ja meistens so viel Mauern um mich herum, daß ich dem andern kein Verstehen zeigen mag, ich bin so hart geworden, um nicht selber zu zerschmelzen und schließlich auch sehr fremd und sehr allein. Es mag auch sein, daß ich menschliches Leid nicht mag, da es nicht Leid der Kunst ist, sondern nur Leid des Herzens. Wow! Ich lasse die Biographie in meine Jackentasche gleiten, bediene mich auch noch von einem Benn-Stapel: Morgue. Gedichte. Ein dünnes Ding, fällt nicht weiter auf. Dann greife ich nach Tinos Füller: »In der ersten Nacht ist alles entschieden. Man faßt mit den Zähnen, wonach man sich sehnt.« Darunter meine Telefonnummer. Ein letzter Blick auf ihre Mammae, Anfassen wäre jetzt kein Problem, sie ist schon mitten in der REM-Phase. Aber ich bin mir sicher, es gibt ein baldiges Wiedersehen.

Udos Einladung zum Katerfrühstück im »Einstein« lehne ich ab, zuviel zu tun. Die Giselhernummer habe ich jetzt drauf: Mein königlicher Becher! Meine schweifende Hyäne! Komm in meine Höhle. Nicht sonderlich originell, aber wenn sie drauf abfährt. Wahrscheinlich war das Dichterpärchen schon damals ein leichter Fall von Psychopathia sexualis, Rollenspiele mit Tierimitationen: Maulwurf in der Achselhöhle, Biene um den Nabel. Anderes ist im Grunde viel interessanter. Natürlich sind die Krankenhausbilder stark: Ein Sarg kriegt Arbeit und ein Bett wird leer, und wenn es regnet, riecht der Boden sehr. Krebsbaracke, Rosenkranz von weichen Knoten, das ist brutal und wahr. Aber richtig hart ist dieser Rönne-Trip.

Einfach gegen alles zu sein, wohin man blickt, immer dies Simultane, wie soll man da leben? Man soll ja auch nicht ... Der Typ will verreisen und schafft es nicht mal bis zum Bahnhof. Er dreht völlig ab. Rönne, ein Gebilde, ein heller Zusammentritt, zerfallend, von blauen Buchten benagt, über den Lidern kichernd das Licht. Mir ist ein bißchen schwindlig. Dann klingelt das Telefon.

Auf einem windschiefen Brokatsessel verknäulen sich die Beine meines Tweed-Anzugs mit Tinos Walla-Walla-Klamotten. Der Anzug, aus dem Secondhandladen, zehn Euro, war eigentlich für den Fakultätsfasching bestimmt, ein urgroßväterliches Teil mit Weste und Rock; ich wollte als Jack the Ripper gehen oder als Sauerbruch, weiß nicht mehr. Dr. Benn hätte er nicht gepaßt, jedenfalls nicht vor Mai 45. Tinos Friedrichshainer Vorderhaus sieht in der grellen Märzsonne noch trostloser aus als bei Nacht. Aber alles geht einfacher, als ich dachte. Mein Zettel in ihrer Hand. Reimgestammel: »Blau wird es in deinen Augen, aber warum zittert all mein Herz vor deinen Himmeln. Nebel liegt auf meiner Wange und mein Herz beugt sich zum Untergange.« Ich greife fast automatisch nach ihrem Puls: 140, eigentlich müßte ich mich geschmeichelt fühlen. Dann hinüber zu ihrem Beduinenbett, die Luft ist dick von Räucherstäbchen, ich stolpere über ein gesticktes Kissen, falle weich. Sie packt aus, mit einer Vehemenz, daß Stoff einreißt, Reißverschlüsse knirschen. Weiche weiße Haut, Schweiß und Zimtduft, der Zimtwald, schneeweiß war der Boden und die Staude saftig. Es sind nicht da, aber es könnten da sein: Zimtwälder. Alles geht schnell wie immer bei diesen ersten Vögeleien, das Neue geilt auf, man steckt sich zusammen, so rasch es geht. Tino ist verstummt, sie atmet schnell, ich gebe mir Mühe. Trotzdem macht es nicht so viel Spaß wie erwartet. Das gemeine Zeug mischt sich ständig dazwischen, unterlegt meine Bewegungen wie eine Tonspur. Eine Frau liegt unter dir, ein Haufen sekundärer Geschlechtsmerkmale, anthropoid gruppiert. Ich stelle mir seine Stimme hoch und spöttisch vor, dazu einen arroganten Blick über die feisten Mopsbacken hinweg. Er fixiert meinen nackten Arsch, der langsam auf und ab geht, kichert beifällig über Tinos schwappende Titten: Aber Brüste muß sie haben, daß man Wanzen drauf knacken kann! Ich bin am Ziel, trotzdem fühle ich mich lächerlich, tierisch. Der Alte ist im Winter grün wie Mistel und im Sommer Hecke, ne neue Rippe und sie brühn schon wieder in die Betten Flecke. Wie wird er uns nennen? Kontaktlinsenträger ist Dicktitte gut? Geheimratsecke vögelt Fettsteiß? Tino streicht mir die Haare aus der Stirn. Natürlich merkt sie was, ich bin klein geworden. Mit Pickeln in der Haut und faulen Zähnen paart sich das in ein Bett und drängt zusammen und säet Samen in des Fleisches Furchen und fühlt sich Gott bei Göttin. Keiner von uns hat Akne oder dentale Probleme. Trotzdem. Ich schiebe sie weg und setze mich auf. Was sagt man in einer solchen Situation? Er weiß es natürlich: Was bist du dann, du Weichgestänge, was hast du seelisch eingesetzt? Tino wickelt sich in einen Batikschal, dunkelrot. Schließlich in einer Laube unter dem Zwerchfell fand man ein Nest von jungen Ratten. Sie weint, schwarze Bächlein, und ich möchte den Arm um sie legen. Den Überschwang gilt es zu erschaffen gegen das Nichts. Statt dessen mache ich den Mund auf und spreche, während ich meine Socken etcetera zusammensuche: »Das Leben ist ein tödliches Gesetz und ein unbekanntes; der Mann, heute wie einst, vermag nicht mehr, als das Seine ohne Tränen hinzunehmen.« Sie schaut mich nur an, die Augen vor Entsetzen fast basedowsch, springt dann auf, rennt ins Bad, nackt und plattfüßig, der Riegel dreht sich um.

Ich trotte in Richtung U-Bahn Samariterstraße. Hundefrisör, Plattenladen, Pizza-Service. Mein Handy piepst, ich stelle es ab. Keine Lust mehr. Eine Horde Arbeiter steht unter dem unvermeidlichen Baugerüst, man ruft einer miniberockten Frau Sauereien hinterher, sie prolt zurück, alles auf gut berlinerisch. Maulwurfspack und Affenstirnen, eine Herde zum Speien. Und über allem scheint fade die Frühlingssonne. In der Fledermaus-Bierbar stellen sie ein paar Plastikstühle raus. Es ist unerwartet schwierig, zurück nach Hause zu kommen. Und über den Lidern kichernd das Licht.

»Und dann konnte ich es ganz deutlich hören, rein, raus, rein, raus, du verstehst schon, dieses«, sie schließt die Augen, »dieses Geräusch, unverkennbar. Und Stöhnen, ohne jede Hemmung, wie ein Urvieh, es war unglaublich, und dann sie, als zweite Stimme, nahezu musikalisch, Mezzosopran würde ich sagen, immer im Wechsel, über zwanzig Minuten, nicht zum Aushalten!«

Dorothea klopft im Takt mit dem silbernen Druckbleistift auf die vor ihr aufgeschlagene Ausgabe von Ulrichs von Lichtenstein ›Frauendienst‹ und schüttelt sich. Ihr mit elfenbeinweißem *Fond de teint* abgedecktes Gesicht zeigt hektische Flecken, die über den Hals in den Ausschnitt des Pullovers kriechen. Zuchtperlen beben an Ohrläppchen und Kehle. In der Teekanne steht eine dunkle Pfütze mit Ölschlieren, lauwarm, aber im Augenblick ist mir egal, womit ich Doros hysterischen Monolog stoppe. Ich angle über die brummende elektrische Schreibmaschine, eine *Gabriele*, Anfang der Achtziger das Neueste vom Neuen, hinweg nach ihrem Becher, fülle ihn mit der brackigen Brühe und reiche ihn wortlos über den Tisch. Sie seufzt, dann trinkt sie und verstummt.

Der Teehumpen sagt mehr über meine Vorgesetzte aus als ein psychologisches Gutachten: der edle Weißgrund aus der Königlich-Preußischen Manufaktur wird von keiner sich entblätternden Rose, keinem lästig flatternden Schmetterling heimgesucht. Es gibt nur diskrete Reliefbänder und sanften Henkelschwung. PD Dr. Dorothea Diekbloom, gebürtig aus Hamburg-Harvestehude, war bei meiner Einstellung als wissenschaftliche Hilfskraft am »Wortregister zur Minneterminologie der hochhöfischen Periode« noch gänzlich eins mit ihren pastellfarbenen Twinsets, hochkarätigen Schmuckstücken und eben jenem KPM-Pott. Wir siezten uns konsequent, sie bearbeitete, was ich abtippte, und herrschte über mich und die anderen Hilfskräfte. Selten sagte sie mehr zu uns als »Bitte öffnen Sie das Fenster, die Luft hier ist zum Schneiden« oder ein verhaltenes »Tsss« im Zusammenhang mit einer nicht sorgfältig genug exzerpierten Textstelle.

Im Laufe zweier Jahre, in denen unser DFG-Projekt von *âbent-roete* nach *bar-schenkel* voranschlich, zerfiel Dorotheas Einheit unter dem Einfluß von aus dem Nichts kommenden Stöhnattacken. Warum sie ausgerechnet mir davon erzählte, obwohl es in unserem Forschungstempel – wir arbeiten an der altgermanistischen Fakultät – an nichts weniger mangelte als an weiblichen Vertrauenspersonen in Leinenblusen und dunkelblauen Blazern, wird mir ein ähnliches Rätsel bleiben wie das Ende von Gottfrieds ›Tristan‹. Vielleicht war sie der Ansicht, daß eine Frau mit drei Ohrlöchern pro Läppchen und Ledermini mehr Erfahrung mit Kopulationsgeräuschen hat als die Damen von der benachbarten Arbeitsstelle ›Mittelniederdeutsche Mystikerinnen‹. Alles Fassade und Vorurteil: Meine letzte Bekanntschaft mit dem Thema liegt bald ein halbes Jahr zurück und ist nicht weiter erwähnenswert.

Trotzdem wurde ich Dorotheas Klagemauer, komme gleich nach ihrem Therapeuten. Im Gegensatz zu diesem professionellen seelischen Mülleimer werde ich allerdings schlecht bezahlt: Doro besorgt mir in klaren Momenten Einladungen zu wissenschaftlichen Tagungen oder korrigiert die spärlichen Seiten, die ich zur Erlangung der Doktorwürde produziere. Aber der Brotjob frißt die meiste Zeit, und meine Untersuchung – »Jeschutes Brust und Tristans Beine – Körperbilder in der hochhöfischen Epik« – zieht sich in die Länge. Nicht nur, weil meine Korrektorin häufig unter Haldol steht.

»Ich werde mich kurz zurückziehen.« Dorothea greift nach der Burberrry-Umhängetasche und dem Kamelhaarcape. Beim Aufstehen treibt sie einen schwachen Hauch von *L'air du temps* vor sich her, ihm folgt der stechende Zwiebelgeruch der Angst. Ich kenne ihre silberne Pillendose mit der stilisierten Rose. Ich kenne die Namen der Medikamente, die sie gleich im Schutz der Toilettenkabine zu sich nehmen wird, und weiß auch, welche Nebenwirkungen sie haben können. Ich bin ausgezeichnet informiert über Dinge, die ich gar nicht wissen will.

Neugier gehört nicht zu meinen hervorstechenden Eigenschaften. Mit Blaubart, dem alten Franzosenknacker, hätte ich es wunderbar in einer langen Ehe aushalten können und wäre irgendwann sanft eines natürlichen Todes gestorben. Goldene Schlüssel zu verbotenen Gemächern mit blutschwimmenden Fußböden – das hat nicht den mindesten Reiz für mich. Es gibt bestimmt Leute, die sich über die körperlosen Lustschreie in Doros Schädel amüsieren. Ich gehöre nicht zu ihnen. Jedenfalls nicht mehr. Ich wünsche ihr (und mir), daß es bald aufhört. Ruhe im Puff. Im Westen nichts Neues. Nicht mehr in diese von salziger Flüssigkeit umzitterte braune Iris blicken müssen, das hilflose Gezupfe an meinen Ponchofransen fühlen, klamme Finger, die sich an einer Zwanzigerpackung Valium entlangknibbeln. Ich wünsche ihr friedliche Stunden, in denen sie allein die Frage nach der Aufspaltung des lyrischen Ich in ›herze‹ und ›lîp‹ oder nach der Suprarealität der unerreichbaren Minneherrin beschäftigen. Oder ihre Sammlung von Erstausgaben. Die traurigsten Lyriker des 20. Jahrhunderts in einem verglasten Biedermeierschränkchen. Wenn man blättert, rieseln vertrocknete Blumen und Gräser zwischen den Seiten hervor. Mit rotgeflecktem Hals und verschämtem Lächeln gibt Dr. Diekblom zu, öfter unter freiem Himmel zu lesen und anschließend kleine Erinnerungen an die besuchten Orte abzurupfen: Schaumwiesenkraut, blasse Narzisse, Niemandsrose.

Sie bleibt lange fort. Ich nutze die Gelegenheit, um mir eine anzustecken. Das Fenster zum Innenhof wird aufgerissen, der billige blaue Rauch meiner Selbstgedrehten zieht durch die schwarzen Äste der Kastanie, die, armdicke Wurzeln zwischen hochgestemmten Katzenköpfen, ihr Dasein fristet, von Bibliothekspennern, Studenten und Hausmeisterhund gleichermaßen angepinkelt. Der Baum ist schon ein wenig mitgenommen durch den Rostspinner und wahrscheinlich älter als die gesamte Campusbebauung, unser historisches Gemäuer eingeschlossen. Die Arbeitsstelle Minneterminologie bewohnt zwei Räume in diesem Haus – unsere Schuhschachtel mit Hofblick und das sogenannte Archiv, eine winzige Abstellkammer, in der sich schwarze Karteikästen mit den vergilbten Exzerptzetteln längst verwester Professoren und Privatdozenten bis zur Decke stapeln. Dorothea kann jeden einzelnen an der Schrift erkennen und dazu die Lebensgeschichte nebst Veröffentlichungen herunterrasseln.

Wirklich interessant finde ich nur einen jungen Naziprof, der über Reinke de Voss und andere tierische Schwänke arbeitete. Seine Schrift läuft sympathisch in weichen Schlaufen. Er ist 1943, auf dem Höhepunkt seiner Karriere, von einer Leiter im Magazin gestürzt und hat sich das Genick gebrochen. Zwei Monate vorher war die kleine dicke Agathe Goldblum, Gründerin der historisch-kritischen Mechthild von Magdeburg-Ausgabe und Doyenne der Mystikforschung, an der Siemersallee abgeholt worden und zusammen mit ihrer 85jährigen Mutter in Richtung Auschwitz verschwunden. Nach dem Arbeitsverbot für jüdische Akademiker hatte der Jungspund ihren Schreibtisch und sämtliche Posten nebst Pensionsanspruch besetzt.

Unser Altbau ist ein Monstrum aus Backstein und gelblichem Travertin, errichtet im 17. Jahrhundert als Herberge der berühmten Gelehrtenakademie. Hier trafen sich Polyhistoren und andere Schlauköpfe, fünf- und mehrsprachige Männer, die ein Astrolabium ebenso routiniert bedienen konnten wie ein fehlerfreies altgriechisches Lobgedicht auf den Bürgermeister schreiben. Ich stelle mir gerne vor, wie hier damals gearbeitet wurde. Latein als lingua franca für die ausländischen Gäste, dazwischen gepflegtes Platt. Mathematik, Astronomie, die Formel für Gold, Augustinus und die Geschichte der Stadt Braunschweig. Und wenn Doro nach Hause in das Yuppie-Viertel am ruhigen grünen Kanal geht, krümele ich ein paar Blättchen Purple power in meine krumme Feierabendzippe und gehe auf den Flur, wo die Portraits dieser Männer hängen, die wir lieber nicht zu unseren Kollegen zählen sollten.

Manchmal stelle ich mir vor, wie sie aus ihren Bilderrahmen steigen und sich hier umsehen, zwischen unseren traurigen Arbeitsplätzen, die jämmerliche Zweisprachigkeit kopfschüttelnd belauschen, das hoffnungslose Pidgin-Englisch und schlechte Deutsch, die schmutzigen Toiletten und die Mißachtung, mit denen die Außenwelt auf unsere Kaste herabsieht. Dann kann es vorkommen, daß Holstenius zornig aus seinem Rahmen springt, sein vornehmes weißes Gesicht knallrot angelaufen, mit der aus einem spitzenbesetzten Ärmel ragenden Faust auf den Tisch knallt, daß die *Gabriele* einen Hopser tut, und all das miese Zeug, das wir hier in stetigem Dauerfrust produzieren, unter seinen Schnallenschuhen zertrampelt.

Wir sind so schlecht, im Vergleich zu ihnen, murksen jahrelang an einem nur für drei Eingeweihte lesbaren Buch herum, sprechen schlecht Mittelhochdeutsch, noch mieser Latein und Griechisch überhaupt nicht. Die mittelalterliche Literatur, auf die wir uns stürzen, weil wir nicht die Mühen einer richtigen Fremdsprache auf uns nehmen wollen, galt ihnen als Gegurgel hinterwäldlerischer Kirchentrottel und Barbaren. ›Das Kotzenmäre‹, ›Die Halbe Birne‹, ›Der Weinschwelg ‹ – sind das etwa nicht primitive Prollgeschichten im Vergleich zu Ovids Gesängen oder dem beißenden Spott eines Aristophanes?

Doro kommt nicht wieder, wahrscheinlich ist sie nach Hause gegangen. Es steht mir also offen, meine Beschäftigung für heute zu unterbrechen und einen Pappbecher Milchkaffee am Automaten im Foyer der benachbarten Uni-Bibliothek zu ziehen, der kochend heiß und von ähnlichem Schaum gekrönt ist, wie er an manchen Tagen am Flußufer antreibt. Mich unter den Pöbel mischen, die einfachen Studenten, Parias, die noch keinen Magister haben, keine höheren Weihen. In der UB finden sich hauptsächlich die Fächer Jura, Medizin und BWL, manchmal auch Historiker oder Theologen. Sie lernen in den Lesesälen und ziehen dabei die Turnschuhe aus, Schweiß-Nikes auf verkratzten Arbeitstischen. Es wäre möglich, ein bißchen Zeitung zu lesen, draußen auf den mit »Nimm mich in der bibliographischen Sammlung!« und »Bataille oder Derrida?« vollgekritzelten Holzbänken. Zu rauchen und auszusehen, als unterbreche man gerade, äußerst ungern, selbstverständlich, eine hochinteressante und zukunftsträchtige Beschäftigung. Vielleicht kommt es zu einem Gespräch mit anderen Stammkunden, jenen, die in abschließbaren Lernwaben schmoren, Karteikartenhäufchen in allen Regenbogenfarben stapeln und erst mit dem Abendgong zu vertreiben sind. Natürlich, es ist unglaublich spannend, nach performativen Strukturen in der *Golden Toast*-Werbung zu suchen oder sich als Hundertvierter in die Reihe derjenigen zu stellen, die über die Beziehung von Celan und Heidegger nachgedacht haben.

Es wäre vermutlich auch möglich, tatsächlich genommen zu werden, nur um einen kleinen Thrill zu haben, damit wenigstens etwas gelingt in diesem öden, mit kaffeekleckriger Auslegeware durchmessenen Gebäude mit dem Charme einer Fehlkonstruktion der siebziger Jahre.

Ich denke an Marko, den smarten BWLer, der mein Lieblingsbier sixpackweise vor der Tür der Arbeitsstelle stapelte, Karten für Boxkämpfe oder Hunderennen aus dem Jackett zog, immer bemerkte, wenn ich ein neues T-Shirt oder mal keinen BH anhatte, und machomäßig darauf reagierte – mit eindeutigem Schielen oder Pfeifen, was ein Germanist nie gewagt hätte. Aber Marko ist nicht der Mann, dem ich anvertrauen kann, wie locker Holstenius einen Fuß über seinen Goldrahmen setzt oder daß ich die Liebe zwischen Tristan und Isolde, todesbitter und gottfriedsüß, halluzinierendes Gift in kindliche Endreime gegossen, tatsächlich für romantisch und erstrebenswert halte. Rose und Rebe, in Ewigkeit verwickelt.

Er strahlt das Selbstvertrauen eines Menschen aus, der nach dem Studium garantiert einen Job finden wird, und zwar einen, der so viel abwirft, daß man die Eltern, ohne deshalb mit vierzehn Tagen Curryreis-Diät büßen zu müssen, in den Austernkeller am Rathaus einladen kann und sagen: Schaut her, es hat sich gelohnt, mich so lange durchzufüttern. Marko würde mich nehmen, als Dekoelement, als wandelndes Kuriositätenkabinett, voll mit Rittern, Liebestränken, trutzigen Burganlagen und der korrekten Aussprache von *aventiure*. Als Menschen, der ab und an ein Buch liest und seinen ganz individuellen Neigungen folgt, ohne Rücksicht auf den *cash flow*. Ich würde mit Karnickel-Geschwindigkeit schwanger werden und Doro dann, in bauchfreier Umstandsmode, den Anfang meiner magersüchtigen Diss unter die Nase halten. Mehr habe ich einfach nicht hinbekommen, auf den Minenfeldern der Minnediskurse, den Mahnbriefen der

DFG, der Organisation des Doktorandenstammtischs und des Andreas-Cappellanus-Symposiums. Ganz zu schweigen von den therapeutischen Geräusch-Sitzungen. Aber ich mache es fertig, irgendwann. Man muß als Frau ja selbständig bleiben, Jodeldiplom und so weiter.

Wir würden nach Elmshorn ziehen, nach Quickborn oder Norderstedt und einen weißen Briefkasten mit Klappe und eingeprägtem Posthorn in unserem Vorgarten aufstellen. Ich rette Marko vor der Ödnis eines Freundeskreises, in dem Männer zwar die Steuerberaterprüfung glanzvoll bestehen, aber gleichzeitig Überraschungseier-Gimmicks in Glasvitrinen sammeln und die Simpsons als gesellschaftskritisch einstufen. Und Marko rettet mich, vor einem Schicksal, das Martha, die kleine Magisterschlampe, mit der ich mir die Stelle teile, neulich in unserer Stammkneipe analysiert hat: »Wir sind doch nicht besser als diese Herzeloydes und Kriemhilden, die mit zwölf verheiratet oder ins Kloster geschickt wurden. Fremdbestimmt ohne Ende! Unsere Röcke sind ein bißchen kürzer, aber im Grunde ist es dasselbe Schicksal: zwölf bis 15 Stunden täglich für Minneterminologie schuften, nebenbei zu Symposien tingeln, rumschleimen, bei jeder Diskussion gegen den Strom anreden, um jeden Preis auffallen, vielleicht pennt man mit dem Richtigen in Amsterdam, London, Paris und versucht wie wahnsinnig, in ›Euphorion‹, ›Wirkendes Wort‹ und ›Arbitrium‹ zu veröffentlichen. Die Uhr tickt weiter, Promotion bis spätestens 31, dann wieder bewerben, wieder ein Buch raushauen. Und dann bist du irgendwann 45, wenn du Glück hast Projektleiche bei der DFG, kinder- und männerlos, und zu Hause warten eine fette Kartäuserkatze, die Wodkapulle und ein wiederaufladbarer Vibrator in der Nachttischschublade. Oder du hörst es ficken, durch die Wände.« Ich weiß noch, daß wir Grappa orderten und dieses Sittengemälde damit begossen, bis der junge persische Kellner stirnrunzelnd »Heiße Tee, sähr gutt für Frauen« vor uns hinstellte.

Ich drücke meine Kippe auf dem verzinkten Fensterbrett aus und schließe die Klappe. Im Hof steht Marko mit einer Elbvorortsblondine. Ich kann ihr Gekecker bis unter die Dachrinne hören. Die müde Maisonne verwickelt sich in seinem Haar, zu Gold gesponnenes Stroh, ein echtes Nordlicht. Mein Haar ist schwarz, und ich gefalle mir neben Marko als geisteswissenschaftlicher Tonio Kröger, dem es gelungen ist, zu seinem Hans Hansen einen gewissen kritischen Abstand zu bewahren. Immerhin hat er mich gestern eingeladen: »Wenn du am Sonnabend zum Paul Weller-Konzert gehen willst, ruf mich an. Ich hab zwei Karten. Wird sicher geil. Kennwort Sunflower.«

Wenn das so einfach wäre. Die Telefonnummer steht auf einem Bierdeckel, ungeheuer szenig. Ich benutze ihn als Lesezeichen, Hartmanns Klage, Vers 1269ff.: *Lip, nu solt du volgen mir! dazue ist niemen als guot als dir. ich hort dich zouber versprechen.* Jetzt zieht Marko an seiner Zigarette. »Die Sorte haben schon die deutschen Landser im Schützengraben geraucht.« Rechter Fuß lässig ausgestellt, Spielbein zappelig, Workerhosen, tausend Taschen ohne Hammer oder Sichel, arbeitsleer. Die T-Shirt-Aufschrift kann ich von hier oben nicht erkennen. Es gibt verschiedene, von ›Kampftrinker‹ bis zu ›Alles Schlampen außer Mami‹. »Da kannst du nicht drüber lachen, stimmt's?« Selbstverständlich nicht, und genau das macht mich reizvoll, unübertrefflich, wie Goldmarie gegen Pechmarie, Aschenbrödel gegen das häßliche Schwesternduo, ich gegen diesen Modelverschnitt in Markos Windschatten. Kamelfarbenes Minikostüm und hellblaue Bluse verraten mir die Juristin oder BWLerin, genauso wie sie mich an meinen dicken Silberohrringen, dem grünen Wickelkleid und einem dramatischen 20er-

Jahre-Make-up als Kulturwissenschafts-Tussi erkennen würde. Klamottencodes sind im *H+M*-Zeitalter streng wie damals, als die Hure schreiend Gelb trug, der König Scharlachrot und die Bauerntrottel graues und schwarzes Tuch, grob und ohne Schlitze, Putz oder tiefen Ausschnitt.

Es hat keinen Sinn, weiter zu meditieren. Ich habe noch ein Jahr Zeit, dann läuft die Stelle aus, und ich bin so gut versorgt wie eine Kanalratte bei Sturmflut. Alles muß ich selber machen, niemand wird mir dabei helfen.

Ich schmeiße mich in den quietschenden Drehstuhl, den schon mehrere Generationen von Philologenärschen ausgeleiert haben. Klein und staubig liegt das Buch auf meinem Tisch, das ich heute noch durcharbeiten wollte. Wenn ich Doro morgen etwas vorwerfen kann, einen großen herzhaften Materialklumpen, dann habe ich vielleicht die nächsten Tage Zeit, ein paar eigene Seiten zu schreiben: Exposé und Bewerbungen für die nächste Futterstation. Auf keinen Fall Paul Weller. Zu gefährlich. Die typische Musik vor der ersten Nacht.

Moritz von Craûn. Eine altdeutsche Erzählung. Berlin 1871. So riecht es auch, nach toxischem Schimmelpilz und Langeweile. Das Titelblatt ist stockfleckig und voller Bleistiftkritzeleien von einer Hand des 19. Jahrhunderts. PD Diekbloom wüßte, wer hier sittenwidrig rumgeschmiert hat. Ich versuche, ein paar davon zu entziffern, vielleicht hat ja jemand schon gute Ideen gehabt, die ich ihr als meine eigenen verkaufen kann. Aber ich finde nur eine Reihe entrüsteter Ausrufe. »Er ist fürwahr ein Tier!« »Das ist kein echter Ritter!«, »Barbarus!« Was muß das für eine Story sein, die solche Kommentare gebiert? Nun doch etwas neugierig, spanne ich ein neues Blatt in die röhrende *Gabriele* und überfliege den Text.

Immerhin, hier geht einer aufs Ganze. Ritter Moritz baut für seine Herzdame, Gräfin Beamunt, verheiratet wie immer bei diesen unklaren Minnespielchen, ein Schiff, das auf Rädern über Land fährt. Dazu richtet er ein Turnier aus, denn angeblich hat die Alte so was noch nie gesehen. Das Landschiff rollt, von Höllenlärm begleitet, durch die Pampa, Gefiedel und Gepauke, daß die Gaffer am Wegrand meinen, der Jüngste Tag sei angebrochen. Das Ding ist verschwenderisch ausgestattet. Nichts als Edelholz, mit Silbernägeln zusammengekloppt und mit scharlachrotem Stoff bespannt. Purpursegel, Goldkiel, Messinganker am Seidentau – alles vom Feinsten. Die Gräfin bekommt bei dem Aufwand ein feuchtes Höschen. Moritz strengt sich beim Turnier vor der Burg tüchtig an, wird der Beste, haut in den Dreck, was an ihm vorbeireitet. Der Graf spießt versehentlich einen Kollegen auf und zieht sich vorzeitig heulend ins Schlafgemach zurück. Bei Dämmerung sind alle fix und fertig, und Moritz geifert nach der Belohnung durch seine Dame. Vorher muß er noch einmal furchtbar angeben, spendiert das ganze Landschiff wie eine Käsestulle auf dem Schulhof. Jeder Dahergelaufene darf sich ein Stück herausfetzen. Wieder gehen ein paar Hirnschalen zu Bruch. Der Ritter übertreibt die Tugend der *milte*, der höfischen Großzügigkeit, derart, daß er sich von den gierigen Pöbelhorden bis aufs Hemd und ein Paar klapprige Beinschienen ausziehen läßt. Nach diesem bunten Strauß von Heldentaten klappt er im Schoß der gräflichen Zofe zusammen: *dô legete er sîn houbet, alse sî im hâte erloubet, in ir schôz unt slief zehant.*

Ich schalte die *Gabriele* aus, das Gebrumme nervt. Auf dem Fensterbrett stöhnen ein paar Tauben. Das 1871er-Papier knistert unter meinen Fingern. Eine komische Geschichte, ohne den gewöhnlichen *edeler muot*-Schmonzes. Moritz ist bestimmt kein Tugendbold wie Erec oder Parzival, die nur versehentlich, aufgrund kleiner menschlicher Schwächen, vom rechten Wege abgekommen sind. Der Text codiert ihn als Rüpel und Schlimmeres, als *wildez tier* und *wunder*, was in dieser kuriosen Sprache auch einfach Monstrum heißen kann.

Mit dem Finger suche ich im Text nach der Fortsetzung: *Nû vernemet wie der her von Craûn* ... Ich springe in den Zeilen, Buchstabengestöber, Versnummern, Seitenzahlen. Die Konzentration läßt nach. Vielleicht doch einen Kaffee? Plötzlich ist mir schwindlig, ich könnte das Fenster noch mal aufmachen, wenigstens kippen.

Ich reibe mir die Augen und sehe plötzlich statt des vertrauten Schreibtisches und der Bücherwand eine klobige Mauer. In einer Eisenhalterung steckt eine Fackel. Ihr flackerndes Licht beleuchtet einen kleinen Raum mit Spitzbogenfenstern ohne Verglasung. Auf einem plumpen Holzhocker sitzt eine Frau in den Unterschichtsklamotten: Kittel, Schürze, Holzbotten. In ihrem Schoß schläft, Gesicht nach unten, ein halbangezogener Ritter, der nur noch Beinschienen, Kurzschwert und Lederstiefel trägt. Neben ihr stehen ein dampfender Krug und ein Talglicht in einer Tonschale.

Iuncvrouwe nennt sie der Text, tatsächlich sieht sie älter aus als PD Diekblom und ich zusammen. Der Ritter ist ein Haufen schnarchendes Männerelend: von starken Sehnen umringelte Arme, blutverschmiertes, zerrissenes Hemd. Ihre Hände wandern langsam durch den dichten Haarschopf, den der Lichtschein vergoldet. Es ist keine zärtliche Geste, nur Dienst an einem, der von Geburt und Gottes Gnaden her turmhoch über ihr steht. Was sie findet, zum Glück nicht allzu viel, wird schnell zerquetscht und in die zuckende Flamme geschnippt.

Es zieht kalt durch die gemauerten Fenster, und ich starre hinaus, möchte alles sehen und behalten, vom Zaumzeug der schnarchenden *stechrösser* bis zu den Fetzen gegrölter Trinkmelodien: »*Ir loeselîchez mündelîn benimet mir die sinne mîn, tandaradei!*«.

Alles bewegt sich, zappelt und läuft im wackeligen Schein von Pechfackeln, Feuern und funzeligen Laternen, ein Haufen schwärzlicher Einzelheiten, wie auf einem angedunkelten Brueghel. Die Luft im Zimmer ist feuchtkalt, und es stinkt: nach den Kochfeuern, die unten im Hof qualmen, den verschwitzten Rittern, Knechten und Turnierpferden, saurem Wein und Bier, fettem Bratfleisch und dem Erbrochenen, das in großen Pfützen auf dem Boden des Burghofes dampft.

Dann bekomme ich einen Rippenstoß, daß ich gegen die Mauer fliege. »Faules Teufelskind, dir werde ich Beine machen! Was hast du aus dem Fenster zu glotzen! Sie besaufen sich, das gottlose Ungeziefer, er hat sie mitgebracht, angelockt wie die Kuhscheiße den Fliegenschwarm, und die *vrouwe* zittert jetzt, vor dem Schlimmsten von ihnen. Das hat sie nun davon! Ein Schiff, das auf dem Land fährt! Wider die Natur, sündiges Zeug. Und du, du stehst hier herum, faul wie Mist. Los, nimm das, bring es hinüber zum Herrn, er leidet!« Und ich, gänsehäutig in der klöterig kalten Mainacht des beginnenden 13. Jahrhunderts – es gab im Vergleich zu heute einen biergartenfeindlichen Temperaturunterschied von fast acht Grad – in meinem dünnen Wickelkleid, das, knöchellang und grün verwaschen, der wütenden Zofe nicht weiter auffällt, greife nach dem schweren Krug, aus dem Kräuterdünste steigen, Beruhigung für den Grafen, den Turniermörder. Noch ein Schubs, und ich segle durch den niedrigen Türsturz ins gräfliche Schlafgemach, während sich die energische Frau leise fluchend wieder auf den Boden kniet, um den Kopf des Monstrums, des Landschiffers, des wie tot schlafenden Mauritius, in ihren Schoß zurückzubetten.

Vor dem Durchgang zur ehelichen Kammer hängt ein bestickter Fetzen, fadenscheinige Seide mit Glasperlen, schäbig wie aus dem Dritte-Welt-Laden. »*Palmâtsîde*«, wahrscheinlich aus dem Heiligen Land mitgebracht. Eine Kerzenflamme beleuchtet die Lagerstatt. Das Bett ist riesig, eine Art Hängematte zwischen vier gedrechselten Holzpfeilern, bedeckt von mottenzerfressenen Fellen und fleckigen Stoffbahnen. Wo sind die Phönixvögel mit den Edelsteinaugen, die Helden und Jungfrauen, eingeschnitzt in unverbrennbares Holz, das niemals faulen kann? Leise stelle ich den Krug neben den im Schlaf stöhnenden Grafen und schleiche wieder zur Tür, ohne mir diese unrühmliche Person genauer anzusehen. Moritz schnarcht, die Zofe murmelt Unverständliches.

Eine Ernüchterung packt mich, wie nach dem morgendlichen Blick auf das katergezeichnete Gesicht des One-night-Stands, auf den Speichelfaden im Mundwinkel und das Kopfkissenmuster auf der stoppeligen Backe. Alle aus beruflichem Interesse bewunderten Museumsvitrinen voller ziselierter Reichskronen, rubinbesetzter Bischofsringe und Stundenbücher mit Mille-fleurs-Randleisten werden fortgespült unter dieser Flutwelle von Lebenswirklichkeit. Es gibt hier zuviel Kontext für meine arme Mediävistenseele.

Da ist die Hand der Zofe, verarbeitet und krumm, links fehlt ein Finger, die Zähne schwarzbraun und lükkenhaft, ein fettiger Zopf und ein gebeugter Rücken. Da ist die stinkende Unschlittkerze mit ihrem dicken Leinendocht, die mir das Gurtbett beleuchtet, die mit räudigen Pelzschwänzen besetzte Überdecke und die Füße des unruhig schlafenden Grafen, in schweißige Lappen gewikkelt, gelblich verhornt, Tierklauen. Ich sehe die grell bemalten Wände, die nichts zu tun haben mit der lindenglatten, distinguierten Seidigkeit von Riemenschneider-Figuren oder der vornehmen Verblasstheit hochgotischer Buchmalerei. Luxusgegenstände sind die verbeulte Messingschüssel auf dem Fußboden, in der ein blutiger Fetzen schwimmt, das plumpe, von schlecht geschmolzenem Granulat nur halbdurchsichtige Glas neben dem Lager, in dem ein Flämmchen kokelt, die kratzigen Wollteppiche auf der Erde und an den Wänden.

Und trotzdem ist die Nacht lieblich, süßer als ein *locus amoenus* aus Wolframs Pfingstschilderungen. Sommerblumen, Gräser und endlose Hektar Wald ziehen zu uns herein. Die hochmittelalterliche Nachtluft duftet feiner als eine Nasevoll Kräuter der Provence, ein Glas Ökobienenhonig oder gemähtes Schrebergartengras. Dazu Geräusche, ein Singsang, der zwischen Amselgezeter und bei der Kopulation ächzenden Stadttauben nicht zu hören ist. Ich kenne ihn aus der Glotze, denn nach zehn Stunden Minneterminologie und einem Liter Vino tinto aus dem Discounter kann es schon passieren, daß man bei einem Tierfilm hängenbleibt. Es ist eine Nachtigall, mittelhochdeutsch *kalle*, die das Herz von einem kräftig arbeitenden Muskel in eine irre in der Nachtluft hüpfende Seifenblase verwandelt. Ich stehe auf dem Steinboden der Burg Beamunt und atme. Die Geschichte geht weiter, ohne sich um meine Akklimatisierung zu kümmern.

Denn jetzt stampft die Herrin ins Bild, sie kommt wohl über die Turmtreppe vom Hof hoch, leicht keuchend. Eine schwere Frau mit um den Kopf gelegten rotbraunen Zöpfen und miesepetrigem Quarkgesicht. Ihr aus steifem, grünem Brokat gefertigtes *gebende*, das Utas schönes Steinantlitz am Naumburger Dom so unnachahmlich elegant einrahmt, quetscht Kinn und Pausbakken zusammen wie ein schlecht sitzender Maulkorb. Sie trägt ein sackartiges Gewand, ebenfalls giftgrün, mit Hängeärmeln und Schleppe. Um ihre kaum vorhandene Taille spannt sich ein protziger Gürtel mit baumelnder Riemenzunge und einer Schnalle aus grobgeschnittenen Halbedelsteinen, die in den Goldfassungen sitzen wie Rosinen im Kuchenteig. Schwere Stickereiborten laufen an Saum und Halsausschnitt entlang. Der Festfummel ist nicht ganz sauber; für Schneiderstrophen über höfischen Kleiderluxus müßte man mindestens ein Auge zudrükken: Turnierdreck, Strohhalme, Fettspritzer und ein tiefroter Weinfleck verteilen sich über die ganze Montur. Madame Beamunt sieht aus wie eine Hippiebraut, die man vor 30 Jahren auf der verschlammten Wiese von Woodstock vergessen hat.

Mit Blick auf den Schlafenden fängt sie halblaut an zu mäkeln. Neben dem Türvorhang steht ein riesiger Weidenkorb voller Wolle, in der noch die Köttel hängen. Ich krieche dahinter und halte den Atem an. »Wie ein totes Schaf liegt er da!« nölt die Gräfin, und auf ihrem breiten Bäuerinnengesicht zeigt sich die Erleichterung, dieses klirrende Kraftpaket sprach- und bewegungslos vorzufinden. Dabei zerrt sie an ihren golddurchwirkten Tasselschnüren, die den mit schütterem *härmin* gefütterten Übermantel kaum halten können. Die Zofe formiert energische Verteidigungsreden, sie preist den Aufwand, den der Herr Moritz getrieben hat, das prächtige Schiff, die Ausgaben, den Kampf, und mahnt ihre Herrin energisch, den Ritter zu wecken und ihm den verdienten Minnelohn zu gewähren. Ihre verschrammte Arbeitspranke weist dabei aus dem Fenster, über den Hof, den Turniermüll: Berge von abgebrochenen Lanzen, wie Mikadostäbchen übereinandergefallen, Stoffballen, Rüstungsteile, herausgerissene Stücke des goldenen Bug und Kiel, alles bewacht von den schwer atmenden Körpern ihrer neuen Besitzer, die wie volle Weinschläuche herumliegen.

Ich wette, daß da draußen auf der Planie, vor den Burgtoren, die Bären, Füchse und marodierende Hungerleider aussperren sollen, im blutgetränkten, kurzgefressenen Gras, das Wrack des Landschiffs liegt, riesig, nutzlos, all seiner höfischen Pracht beraubt. Und die wenigen Toten, höchstens drei oder vier, wenig für ein solches *tornament*, strecken sich in der muffigen Burgkapelle aus, während ihr Lebenssaft langsam zu kaltem Gelee erstarrt.

Das alles für diese dicke Adelsschlampe. Die hat wahrscheinlich schon mit der Muttermilch aufgesogen, wie man Dienstboten abfertigt. Ihre wegwerfende Handbewegung in Richtung Zofe ist bühnenreif. »*Tuo dînen munt zuo, ich wil slâfen unz morgen fruo*!« unterbricht sie die Tiraden, wischt alle Erinnerungen an das Schiff, die prächtigen Kampfhandlungen und Moritz' Tapferkeit beiseite wie einen störenden Popel. Dann wirft sie den Kopf in den Nacken und rauscht durch den Türvorhang ins Schlafzimmer. Ich ducke mich, so tief ich kann.

Madame Beamunt ist ganz mit sich selbst beschäftigt, schleudert die hölzernen *trippen*, dann die bestickten Stoffschuhe von den Füßen, reißt das *gebende* vom Haupt und pellt sich aus ihren Klamotten, bis sie nur noch im seitlich geschnürten Hemd dasteht. Es ist *nâch irem lîbe wol gesniten*, das heißt, die mächtigen Brüste und eine ziemliche Wampe werden durch den feinen Seidenstoff nicht sehr schmeichelhaft modelliert. Dann wühlt sie sich – ohne abendländische Gesellschaftsrituale wie Zähneputzen oder Wäschewechseln – in die Kissen zu ihrem Angetrauten. Nur die Zöpfe werden aufgemacht. Sie hat beneidenswert langes Haar, bis zum Hintern fällt es, wickelt sie halb ein, besser als jedes Nachthemd. Der Graf schläft sehr unruhig, er wirft sich unter der Decke hin und her, daß die Pelzschwänze darauf zucken, als säßen sie noch fest an den Hinterteilen von quicklebendigen kleinen Kreaturen. Seine Frau gibt ihm einen Stoß in die Seite, ich sehe, wie ihr Ellbogen Schwung holt, er ächzt und mäßigt seine Bewegungen.

Nebenan erwacht der Ritter. Vielleicht hat er seine Herzdame gerochen, es wäre ihm zuzutrauen, denn er öffnet gleichzeitig beide Augen, von Null auf Hundert, stellt sich klirrend auf die Füße und knurrt. »*Ich slief sô unsanfte nie. Ich wande, mîn vrouwe wäre hie unt wolde niht mîn grüezen. Wie möhte ich daz gebüezen?*« Die Zofe klärt ihn auf, sie windet sich anstelle der Gräfin. Ihr Gesicht, das Hungerwinter, gestorbene Kinder und Prügel aller Art in jeder Falte zeigt, spiegelt ehrliches Mitleid mit dem Geprellten. Dann murmelt sie etwas von Küche und verdrückt sich. Moritz von Craûn steht mit hängenden Armen im Raum, die Wandfackel beleuchtet sein Gesicht. Schlafverquollen und kampfgeschunden trägt es tatsächlich für eine Weile den Ausdruck jenes blökenden Tieres, mit dem ihn die Gräfin vorhin verglichen hat. Klein ist er, muskulös und blond. Vielleicht Mitte Zwanzig, ich kann so was immer schlecht schätzen. Er läßt seine Handknochen knacken, indem er jeden Finger einzeln aus dem Gelenk zieht. Eine Angewohnheit, bei der ich Gänsehaut bekomme und die meines Wissens, ebenso wie vollständige Sätze rülpsen oder in Streichholzflammen furzen, nur von Männern praktiziert wird. Der Ritter schüttelt sich kurz, drückt die Daumen auf die Augäpfel, daß sie leise in ihren Höhlen schmatzen, und seufzt. Dann schiebt er den Vorhang zur Schlafkammer beiseite und windet sich in den Raum. Ich höre sein Schnaufen. Langsam schleicht er zum Bett, umgeht geschickt Parcours wie Waschschüssel und hingeschleuderte *trippen*, und steht schließlich, völlig lautlos, vor seiner treulosen Geliebten. Wieder drängt sich mir ein Bild aus *Leben in der Serengeti* auf: pirschender Leopard. Der Ritter beugt sich über ihr tief in die Kissen gedrücktes Gesicht. Ich nutze die Zeit, in der er mir den Rücken zudreht, dafür, mich in die Türgardine einzuwickeln. Vielleicht bin ich ja unsichtbar.

In diesem Augenblick fällt seine rechte Beinschiene mit lautem Scheppern zu Boden. Der Graf stößt einen schrillen Angstschrei aus. Er ist mindestens zwanzig Jahre älter als seine Frau, dazu knochig und fast kahl. Ich verstehe sie immer weniger – warum hat sie den zwar total verdreckten und verbeulten Jüngling abgewiesen, wenn sie Tag für Tag mit dieser Mumie verkehren muß? Der Alte gestikuliert wild in Richtung Moritz. »Es ist der *helle künec*, der Gottseibeiuns oder das wütende Heer, sie wollen uns umbringen, Gott sei uns gnädig.« Sein Runzelhändchen tastet nach dem breiten Oberarm seiner Frau, die sich langsam aufgerichtet hat, stoisch auf die Gestalt ihres Galans starrt und kein Wort sagt. »Wer seid Ihr, Maria, Josef und alle Heiligen, was wollt Ihr?« Über das Gesicht des Herrn von Craûn zieht sich ein breites Grinsen. Neckische Grübchen bilden sich in Kinn und Backen, seine blonden Locken sind blutverklebt. Wirklich nicht übel. Er hat das abgefallene Rüstungsteil vom Boden aufgehoben und klopft damit auf das hölzerne Bettgestell. »Das will ich Euch gerne sagen. Ich bin der arme Tropf, den Ihr heute beim Turnier erschlagen habt. Ihr müßt jetzt für immer mein Begleiter in der Hölle sein, da hilft kein Bitten und Beten.« Der Graf springt mit einem heulenden Ausruf aus dem Bett und hechtet in Richtung Tür.

Vielleicht hat ihm sein Pfaffe einmal die Vision jenes gutaussehenden irischen Ritters vorgelesen, der zwar tüchtig und tapfer war, aber von Gott nichts hören wollte. Der fällt beim Gelage plötzlich von der Bank mit allen Zeichen des Todes am irdischen Leib: Haarausfall, glasige Augen, Spitznase und erstarrte Glieder. Während auf der Burg das Sterbeglöckchen läutet, tut sich für ihn die Hölle auf, zu einem pädagogisch sinnvollen Blick auf die Qualen der ewig Verdammten: Auf Platten schmutzigen Eises gebären nackte Menschen – Männer wie Weiber – gräßliche Monster, nicht nur aus den unteren Leibesöffnungen, sondern ebensogut aus den Gliedern, den

Beinen, dem Herzen. Die höllischen Kreaturen haben feurige Häupter, Zungen wie Spinnen, Schwänze wie Angelhaken und eiserne Schnäbel. Damit schneiden sie sich den Weg frei. Die Tiere brüllen und kreischen, die Seelen heulen in Agonie, während das Eis saust und prasselt. Zur Erholung darf der Ritter noch kurz einen Blick auf die himmlische Herrlichkeit werfen, ein paar Engel mit Goldfittichen erspähen, Sphärenklängen lauschen, dann erwacht er, steigt von der Totenbahre. Alles nur geträumt, ätsch, ätsch, ausgelacht, trotzdem geht er sofort ins Kloster. So etwas muß dem Grafen vorschweben, als er brüllend zur Tür stürzt.

Aber er stolpert über den Teekrug – ich hatte ihn neben dem Lager abgestellt, tut mir leid, – knallt mit dem Kopf gegen den Bettpfosten und sinkt zu Boden. Moritz schüttelt lachend den Kopf, schiebt die Decke zur Seite und streckt sich neben Madame Beamunt aus. »Dieses Bett ist halb leer, ich weiß nicht, wer hier reingehört.« Sie sitzt immer noch aufrecht da, überrieselt von diesen Haarmassen. Entspannt ist sie nicht, aber ihre Augen glänzen. Eine plumpe weiße Hand wandert durch das Bettzeug und streift die Wange des Ritters. Sie sabbelt los: »Ihr seid der kühnste Mann, von dem ich je gehört habe, weil Ihr Euch so weit vorwagt. Noch nicht einmal gefragt habt Ihr mich, ob ich diesem Benehmen hier zustimme oder nicht. *Ich waene, ein wunder hie geschiht, dâ von man immer maere saget, biz der jüngeste tac betaget!*« Und tatsächlich, jetzt drückt sie ihm ihre speichelfeuchten Lippen ins Gesicht. Moritz rührt keinen Finger. Er läßt sich abschmatzen, betatschen, die andere Beinschiene abmontieren, ohne mit der Wimper zu zukken. Die Gräfin gurrt: »*Mîn vederspîl, mîn süezer genôz.*« Vom Bettvorleger her kommen dumpfe Geräusche, die sie nicht stören. Ein fürchterlicher Schrei folgt, der die Alte mit einem Quietschen zurück in die Kissen schleudert. Der Herr von Craûn hat sich auf sie geworfen wie ein Raubtier auf eine saftige Keule. Es geht alles sehr schnell. Er zerrt ihr Hemd hoch bis unters Kinn, grinst ihr noch einmal ins Gesicht und packt es dann in den Seidenstoff ein, Mopsbacken, Zitterlippen, alles. Dame ohne Kopf, dafür mit Unterleib. Dann macht er es sich zwischen den dicken Oberschenkeln bequem und startet durch. Sie zappelt ein bißchen, wird endlich still. Nach höchstens drei Minuten steigt der Ritter wieder ab und leckt sich die Lippen. Sein Blick wandert durch den Raum und bleibt an meinem Versteck hängen. Ich bin also tatsächlich nicht unsichtbar.

»Und was haben wir hier, hinter dem Vorhang? Ein kleines *magedin*! Mager wie ein *mandelrîs*. Hast du auch schön zugeschaut, was ich der *vrouwe* zu schmecken gegeben habe? Schon als ich eingetreten bin, habe ich dich genau gesehen. Ein echter *wîgant* spürt jeden Feind im Rücken, sei er auch noch so gut verborgen. Komm nur her, du bist genau die richtige *nachspîse*!« Und er zerrt mich am Ärmel zum Bett, wo die Gräfin, noch schwer atmend, liegt. Von ihrem Ganzgesichtsknebel hat sie sich inzwischen befreit. Ihre Brüste, die bestimmt schon eine Reihe adliger Orgelpfeifen genährt haben, fallen nach beiden Seiten aus dem zerfetzten Hemd.

»So, *mîn spannedickes wîp*, mach Platz! Wenn ich gewußt hätte, wie du unter deiner *wât* aussiehst, hätte ich nie das *vingerlin* mit dir getauscht! Oder gar das Landschiff bauen lassen! Runter mit dir!« Er greift zu und wirft die Dame aus dem eigenen Bett. Die gedrechselten Pfosten sind bestimmt einen halben Meter über dem Boden. Auf ihrem ohnmächtigen Mann landet sie immerhin weich und ist so perplex, daß sie nur leise schluchzen kann. Moritz ist noch nicht fertig, er schraubt an seiner rechten Hand herum, blaugequetscht von den eisernen Turnierhandschuhen und zerrt einen dicken Ring vom

Finger, den er der Gräfin nachschleudert: »*Nemet wider iuwer golt, ich wil iu nimmer werden holt*!« Dann hebt er mich hoch und befördert mich in die feuchten, nach Ziege riechenden Laken.

Es ist so, wie man es nie haben wollte, ohne vorausgehenden Kinobesuch, Zigarettengeplänkel und Verhütungsdiskussion. Er liegt auf mir und zwinkert. Das Blut an seiner Stirn ist getrocknet, verklebt krustig und schwarz Brauen und Wimpern. Er lacht, reißt mein Kleid in der Mitte durch, stutzt bei der Unterwäsche. »Was ist das? *Ûzlendisch dinc*, weg damit!« Um Vorspiel, G-Punkt oder irgendwelche Stimulanzien kümmert er sich nicht. Wahrscheinlich hat er schon Hunderte von untergewichtigen Dienstmägden flachgelegt. Die Gräfin war auch in der Tat ein magenfüllendes Hauptgericht. Ich gönne ihr, daß sie zuhören muß, und stöhne ein bißchen. Seine Hände sind wie Schmirgelpapier. »Ha, *dürrez lenelîn*, an diese Nacht wirst du noch lange denken! Ein richtiges Bett, mit *golter* und *deckelachen* aus *baldekîn*, das hat dein kleiner Hurenarsch noch nicht gespürt, was? Und das hier auch nicht!« Es wird ein kurzes Vergnügen, ich atme Schweiß, Blut und alten Dreck, umklammere seinen mageren Hintern. Sein Griff ist eisenhart, man spürt jede geworfene Lanze noch einmal. Ein paar angespannte Sehnen und verdrehte Augen, ein kleiner Schrei am Schluß, und das Ganze ist vorbei.

»Du riechst besser als sie«, er deutet mit dem Daumen unter das Bett, wo sich das Ehepaar stapelt. Keiner von ihnen macht einen Mucks, er scheint immer noch bewußtlos, sie vermutlich tödlich beleidigt.

Plötzlich bin ich sehr müde. Die Umstände sind nicht geeignet, um in Tiefschlaf zu fallen, aber ich habe das unbestimmte Gefühl, daß mir mit diesem Kerl an der Seite nichts passieren kann. Also mache ich es mir gemütlich, den Kopf auf seiner Brust, studiere noch ein bißchen sein Gesicht. Sein Haar ist noch blonder als Markos. Er ist ein Angeber, denn kaum spürt er meinen Blick, lacht er wieder unverschämt: »Wir Herren können eben doch besser *vügeln* und *smeichekôsen* als die *eigenliute* und *geburen*. Nicht wahr, es war gut?« Sein Gebiß ist nicht ganz so furchtbar wie das der Zofe. Er bemerkt mein Interesse und tippt mit einem schmutzigen Fingernagel gegen die vorderen Schneidezähne. »*Helfenbein*, hat mir ein *Sarrazîn* gemacht im Heiligen Land. Vor zwei Jahren war ich dort unten. Venedig, Korfu, Rhodos, Zypern, Jerusalem. Jede Stunde voller Gefahren. Die Ruhr. Schreckliche Seestürme. Sand und Hitze. Nur ein *adeler* schwebte in der Wüste über uns und spendete ein wenig Schatten. Soll ich dir davon erzählen?« Ich nicke, er beginnt zu reden, und in einer endlosen Woge mittelhochdeutscher Aufschneidereien dämmere ich weg.

Die Kastanie wedelt mir fünffingrig zu. Es ist still auf dem Hof, kurz nach Sonnenaufgang. Nur im Papierkorb streiten ein paar Spatzen um ein altes Brötchen. Ich habe das adlige Sperma mit kaltem Wasser auf der Mitarbeitertoilette abgewaschen, eher symbolisch, denn dieser Ritterschlag dürfte gesessen haben. Meine biologische Uhr tickt verdammt regelmäßig. Ich hoffe nur, daß der kleine Moritz schönere Zähne haben wird als sein Vater. Aber hoffentlich sein Haar und seine Armmuskeln. Das Wickelkleid hat einen großen Riß, und ich stinke nach Burg Beamunt, habe Dreck unter den Fingernägeln und einen großen Bluterguß über beiden Oberschenkeln. Aus meinem Haar rieseln Schaumwiesenkraut, blasse Narzisse und Niemandsrose.

Das verschimmelte Buch ist noch da, aufgeschlagen auf Seite 87. Schnell lese ich zu Ende. Alles läuft ab wie letzte Nacht. Der Ritter tobt, der Graf wird ohnmächtig, die Gräfin genagelt, ich komme diskreterweise nicht vor. Das Ende ist lehrhaft und höfisch. Die *vrouwe* jammert auf der höchsten Zinne über ihr Fehlverhalten, und die Zofe würgt ihr noch rein, daß sie sich tatsächlich äußerst unpassend benommen hat, von wegen Verweigerung des Lohnes und so weiter. Minnekasuistik vom Feinsten. Doro wird schon etwas damit anfangen können.

Zum Schluß studiere ich die Bleistiftkritzeleien des verschreckten Philologen: »Er ist kein echter Ritter«, »Monstrum!« Neben der Schlafzimmerszene steht immerhin: »Was für eine Kraft!« Ob dieser Kommentator auch auf dem turnierversauten Hof der Burg Beamunt herumstand? Vielleicht hat der schreckliche Recke, wie es sich für ein wütendes Raubtier gehört, in seiner Raserei auch einen blassen Gelehrtenarsch nicht verschmäht und dem blutlosen Eindringling, der durch seine Geschichte stiefelte, seinen Prügel zu schmecken gegeben? Wer weiß? So schlecht kann es nicht gewesen sein, die Exklamationen am Rande der Bettszene drücken eher Bewunderung aus. Ich jedenfalls schließe mich an: »Kurz, aber gut!« füge ich mit rotem Textmarker hinzu.

Ich stelle das Buch zurück ins Regal, zwischen ›Minnesangs Frühling‹ und den Benecke-Müller-Zarncke. Meine Aktentasche lasse ich oben, mitsamt dem angefangenen Exposé. Das einzige, was ich mitnehme, ist der Bierdeckel mit Markos Telefonnummer. Paul Weller ist die richtige Musik für die erste gemeinsame Nacht.

Fleurs de peau

Ich muß Ingo mit dem Auto abholen. Er ist bleich und zittert so, daß er die Tür nicht aufbekommt, fummelt hektisch am kalten Griff. Ich helfe von innen nach, und er fällt auf den Beifahrersitz wie eine fette Plastiktüte aus dem Supermarkt, Samstagnachmittag kurz vor Ladenschluß, platzend mit der Überlebensration fürs Wochenende – Heringssalat rot und weiß, zwei Sixpack, Pizza Vier Käse, vorgeschnittenes Graubrot und eine Tafel ganze Mandel, Übergröße. Mir wird schlecht, und ich starte holperig. »Mensch, mach zu, es ist doch alles frei!« Auf Ingos Stirn stehen kleine Schweißtropfen, die Augen sind halb geschlossen, der Mund schmal. Seine Hände umklammern den Sicherheitsgurt. Finnische Silberschmiedearbeit in der Mitte links, Hopidesign mit Türkis außen rechts, am linken Daumen das breite Knochenteil aus dem letzten Urlaub, Strand bei Goa, »*Original tiger bones, man eater, very fine*«. Er beugt sich vor und dreht am Radio herum, findet seinen Stammkanal und lehnt sich zurück. Dumpfe Elektrobeats hämmern mir in den Nacken, als ich die Spur wechsle. »Hast wieder vergessen, in den Spiegel zu schauen, ich hätte doch ein Taxi nehmen sollen.« Er kurbelt sein Fenster runter. »Was für eine Luft hier drinnen!« Die Straße brüllt herein, Feierabendpendler mit Handy am Ohr und Zippe im Mundwinkel, Kaffee-, Nougatcreme- und Möbelhaus-Busse, in denen sich die Innenstadtmeute quetscht, eine Babyhand klatscht an die beschlagene Scheibe; zwischen den Fahrzeugen Fahrradkuriere mit Sauerstoffmasken, in neonfarbenes Plastik eingeschweißt. Ingo inhaliert die Spritwolken, kaltweiß und blutrot streifen die Scheinwerfer und Bremslichter seinen rasierten Schädel.

»War echt hart diesmal, das kann ich dir sagen. Kein

Wunder, flächenmäßig ist es ja das größte bisher, fünfzehn mal zwanzig.« Langsam streckt er das rechte Bein aus und betastet den Oberschenkel so vorsichtig, als ob er nicht ihm gehöre, sondern einem Fremden, der eigentlich keine Lust hat, angefaßt zu werden. Ich sage nichts, beglückwünsche mich nur zu der Idee, zusätzlich zum reinen Alkohol aus der Apotheke auch noch zwei Flaschen Sonderangebots-Chianti geholt zu haben. Dann muß ich einparken.

Später verschanze ich mich vor der Glotze hinter einem Wall aus Erdnußflips, Salzstangen und Bier in Bügelflaschen. Ingo nippt Chianti; er hat das Bein hochgelegt und den Verband abgepellt. »Da muß Luft ran!« »Hm,« knurre ich und versuche, den Bildschirm im Auge zu behalten. Aber Ingo kennt nichts, er stellt sich direkt vor mich und präsentiert seine frische Tätowierung, sie riecht stark nach Desinfektionsmittel. Darunter schwebt etwas schwach Süßliches, das mich tief Luft holen läßt. Ingos Haut ist von diesem besonderen Braun, das nur im Solarium entsteht, sie spannt sich über den muskulösen Schenkeln wie die Pelle einer bestimmten Wurstsorte, Brühwurst, glaube ich. Jetzt ist sie eingeritzt, beschrieben, mit einem riesigen neuen Bild. Es ist ein tiefschwarzes Ornament, ein sogenanntes Tribal, der letzte Schrei, laut Ingo. Ich glaube ihm sofort, denn wenn man abends weggeht, kann man auf fast jedem Oberarm, jedem Schulterblatt oder -blättchen, um jeden freiliegenden Bauchnabel diese dunklen, kunstvoll ineinander verkringelten Bänder sehen. Die Haut um die Ränder zeigt sich stark geschwollen, erhaben und rötlich. Aus der Bildfläche treten glasiger Saft und Blut, die verhärten wie Harz an einem Baumstamm. Der Schorf wird genauso schwarz sein wie das darunterliegende Bild und in den nächsten Wochen in borkigen Brocken abbröseln, unter Ingos pedantischer Behandlung. Er folgt streng dem kleinen Zettel, den er aus dem Studio mitgebracht hat: Pflegehinweise für frische Tätowierungen. Ingo tritt noch näher an mich heran. Ich drehe den Kopf weg und atme möglichst flach. »Schau nur, wie exakt es gestochen ist. Leslie ist ein Meister in *Fine Line*. Macht er seit vierzehn Jahren. Hat in den Staaten gelernt, vorwiegend. Das Ding ist ein Original, kein Designerkram; man hat genau dasselbe bei den Ureinwohnern von Pago-Pago gesehen. Es bedeutet Kraft und Reichtum. Es ist ein Männerzeichen, nur die Krieger dürfen es tragen. Frauenzeichen gibt es auch. Sie sind viel kleiner, tun sicher kaum weh.« Ich habe keine Ahnung, wo Pago-Pago liegt. Ingos Hände wandern von meinen Schultern zur Taille runter und kriechen unter den Pullover. Die Ringe sind kalt. »Schau mal, genau hier. Nur zehn mal zehn. Leslie berät dich ganz ausführlich. Und ich bezahle es, egal was du dir aussuchst.« Ich winde mich unter seinem Griff. »Denk mal, nächsten Sommer, wir beide, Sonne, Strand, Kuba meinetwegen, oder Hawaii, und jeder kann gleich sehen, daß wir zusammen gehören. *Forever.*« *Forever* heißt auch das Tattoo-Studio, in dem Ingo sich verzieren läßt. Von Leslie und Bert und all diesen Helden. Angefangen hat Ingo vor drei Jahren. Mit einem japanisch inspirierten Drachenkopf auf dem linken Oberarm, samuraimäßig. In Blau, Rot und Schwarz. Das war, nachdem zwei Drittel der Betriebssportgruppe das *Forever* für sich entdeckt hatten. »Das sind richtige Kunstwerke. Nicht diese hausgemachten, blaßblauen Knasttattoos, die Prols sich selber einschnitzen. Da steckt was dahinter. Auch spirituell. Der Schmerz, das Blut, das sind alles Initiationsriten. Machen die Naturvölker mit ihren Teenies. Damit sie am eigenen Leib erfahren, was es bedeutet, erwachsen zu werden. Narben, Stiche, Einkerbungen und so. Wie das Leben eben.« Inzwischen hat er vier solche Teile, das heutige nicht mitgerechnet. Und einen Hafada am linken Hoden. Palladium und Onyx, um die Potenz zu erhalten und als Symbol für sein Sternzeichen. Ingo knetet meine Brüste, schnappt sich einen Nippel und bearbeitet ihn mit der Zunge. Eine Hand tastet nach dem Hauptschalter für die Deckenlampe. Es sind Neonspots, zwölf Stück an einer Drahtseilkonstruktion; wenn alle an sind, kann man Brustkrebs im ersten Stadium erkennen. Ich mache das nur, wenn ich gründlich staubsaugen will. Eine Packung Tortillachips zerknirscht unter meinem Hintern. Ich greife nach Ingos Shirt und ziehe es mir über die geschlossenen Augen.

Die Wände im *Forever* sind gelborange gewischt, sehr szenig. Duftöl Limone in kleinen Tonlampen, enorm bequeme Sessel. Es gibt auch etwas zu trinken, alkoholfrei, mit viel Obst. »Sie soll ja nicht aussehen wie La Belle Irene. Nur ein einziges Teil, klein, aber fein«, sagt Ingo eben zu Leslie. La Belle Irene war die erste am ganzen Körper tätowierte Europäerin. Sie stellte sich auf Jahrmärkten aus und trug insgesamt 400 Bilder, sogar eine gestochene Halskette und Sternchen auf den Zehen. Diese und andere Weisheiten entnimmt Ingo einschlägigen Bildbänden, die es seit einiger Zeit überall zu kaufen gibt: Archaische Riten und modernes Leben. Zeichen auf der Haut. *Fleurs de peau*. Wenn er etwas anfängt, dann gründlich. Durchleuchtet von A bis Z. Leslie nickt wissend. Er ist wie Ingo kahlrasiert. Viel Metall im Gesicht, grünblaues Reptiliengeschlängel auf den nackten Oberarmen und Schultern. »Vielleicht sollte sie mal selber gucken. Wir machen alles, das weißt du ja. Aber am schönsten ist es natürlich, wenn der Kunde ein paar eigene Vorstellungen hat.« Er schiebt mir einen fetten Ordner rüber. Mein Drink wackelt bedrohlich. »Das ist unser Archiv. Schau mal durch, du findest bestimmt was.« Ich fühle mich wie beim Friseur – die ganze Angebotspalette, sauber abfotografiert und in Klarsichthüllen gepackt: Schultern, Brüste, Knöchel, Bäuche, sehr viele Oberarme, Rücken und Ärsche. Ingo liegt eindeutig im Trend, aber es gibt auch richtige Bilder, von Skorpionen, Adlern oder treuen Pit Bulls ohne Maulkorb. Und natürlich Menschen. Markige Indianerköpfe und knuffige Kleinkinder; neben letzteren ist stets das Polaroid aus der elterlichen Brieftasche abgeheftet, damit man sehen kann, wie gut Leslie es getroffen hat. Es juckt mich am ganzen Körper.

Ich sitze in der Kantine und lasse giftgelbe Currysoße über meinen matschigen Gemüsebratling laufen. Rita ist schon beim Nachtisch, Reispudding mit TK-Himbeeren. »Also, ich finde es total süß von Ingo, wie er sich um dich bemüht. Es ist doch nichts dabei.« Ritas Haut ist so weiß und wabbelig wie der Pudding auf ihrem Tablett und an vielen Stellen durchstochen. Einmal im Bauchnabel, mehrfach an beiden Ohrmuscheln, auch durch die Augenbraue und den Nasenflügel. Diese Stecker sind allerdings nur am Abend angesagt, unser Betrieb hat eine strenge Kleiderordnung. Ich finde das o.k. »Und überhaupt, so ein Partnerding ist superromantisch. Man teilt etwas, einen echten Schmerz, das ist im Grunde viel verbindender, als nur den Ehering drüberzuziehen.« Rita dreht heftig an ihrem größten Ohrring, einer schweren mexikanischen Silberarbeit aus dem letzten Urlaub, irgendein Sonnengott, ich hab's vergessen. Das Loch im Läppchen dehnt sich schlitzförmig aus, erst nach rechts, dann nach links. Meine Großmutter hat uns früher immer vom Krieg erzählt. Die beste Story handelte von Ohrringen. Alle Mädchen im pommerschen Kaff hatten Ohrringe. Gleich nach der Taufe gestochen. Gold und Edelstein, richtig teuer, als Geschenk zu einem besonderen Anlaß eben. Und als der Russe kam, hat er nicht nur die Mädels alle weggeholt und in der Scheune, na ja,

Großmutter hat es nie ausgesprochen, und uns war es auch egal, was der Russe tat, als er die Frauen wegholte, wir haben es erst später verstanden. Viel cooler und gruseliger war die Sache mit den Ohrringen. Die Mädchen lagen am Boden rum, und der Russe kam, fies grinsend, schmutzig und nach Wodka stinkend, und griff zu. Einfach rausgefetzt. Durch die Läppchen durch. Es hat furchtbar geblutet. Auf Gold und Edelstein drauf. Den Russen hat das natürlich nicht gestört. Er hat alles nach Hause geschleppt, um seine schmutzigen Tatarenweiber damit zu schmücken. Oder hat das Zeug gleich in Schnaps umgetauscht. Und die zerfetzten Ohrläppchen, die sind ganz schnell wieder zusammengewachsen. Kann man kaum noch erkennen, den Riß, haarfein und weiß. Später gab's dann neue Ohrringe, als es aufwärtsging, elegante, sogar mit einer Zuchtperle dran. »Ich glaube, diese Soße war nicht in Ordnung,« murmele ich und schiebe mein Tablett weit von mir.

Tom Cruise sieht kränklich aus im Schein unserer Dekkenbeleuchtung. Er mixt hellblaue und rötliche Cocktails an irgendeinem verblassten karibischen Strand. Sein Grinsen trifft mich über Ingos Schulter hinweg. Ingo starrt in den Spiegel an der Wand gegenüber, wo wir uns verdoppeln. Er sieht seine Hautbilder. Der Drachen, der Panther im Sprung, die Midgardschlange bewegen sich über mir, bühnenreif angestrahlt, grell. Nur das Männerzeichen ist unsichtbar, sein Verband kratzt über meinen Schenkel auf und nieder. Bevor ich die Augen zukneife, sehe ich an mir herunter, auf das, was nicht von Ingo überdeckt ist. Meine Haut, eine leere Leinwand, vom Winter ausgebleicht, diverse blaue Flecken, ein paar Pickel von den Wollpullis, ein paar einsame Stoppeln auf den Beinen, vergessen ohne die tägliche Kontrolle im Freibad. Ich will keine anderen Farben.

Leslie arbeitet schnell. Zu meinem Wunsch hat er anerkennend genickt. »Bißchen krass, aber ziemlich originell. An der Stelle hab ich das noch nie gemacht. Die meisten wollen es auf die Schulter, ist ja auch eher ein Männermotiv, beliebt bei Motorradfreaks. Gibt aber kein Problem. Nur schmerzhaft wird es, das mußt du dir klarmachen. Die Haut dort ist besonders empfindlich und zart. Wir machen ein paar Pausen zwischendurch.« Ich habe einen alten Fotokalender als Vorlage mitgebracht – die Jahresgabe des städtischen Tiergartens für seine Freunde und Förderer; Ingo hat eine Dauerkarte, er ist außerdem Tierpate für einen Jaguar namens Pollux. Jetzt ist der Monat November aufgeschlagen, und Leslie ist voll dabei.

Ich schaue nicht hin, wenn die elektrische Nadel surrt. Der Schmerz ist deftig, aber auszuhalten. Statt dessen starre ich auf den Papierkorb, in den Leslie die feuchten Kleenexklumpen schleudert, mein Blut, vermischt mit schwarzen, braunen und rötlichen Farbtönen. Das ganze Drumherum interessiert mich nicht: strengste Hygienevorschriften – Begeben Sie sich nicht in die Hände von Pfuschern, Amateurtätowierern oder Ärzten. Einweghandschuhe, Vaseline, man arbeitet mit drei oder mit vierzehn Nadeln. Leslie redet gegen die Maschine an: »Es blutet nicht stark, aber ein bißchen läßt sich einfach nicht vermeiden. Ein berühmter Tätowierkünstler aus Rostock hat allerdings behauptet, wenn es richtig gemacht würde, tritt kein Blut aus der Haut, sondern nur Zellwasser. Bei einer frischgestochenen Rose sieht es dann so aus, als wäre die Blume mit Tautropfen übersät.« Diese Geschichte hat mir Ingo schon zweimal erzählt. Sie müssen dasselbe Buch gelesen haben, ›Archaische Riten‹ oder was auch immer.

Das Kalendertier hat sich auf meinem Körper vergrößert, ungefähr auf das Dreifache. Leslie wischt noch ein letztes Mal mit einem Alkoholtupfer nach, trotzdem erscheint sofort wieder ein Blutschleier über den Haarborsten, den langen Kieferfühlern, den bepelzten, dreigliedrigen Beinen. Leslie wickelt mir einen schneeweißen Verband, der sich kunstvoll über dem Unterbauch und den Innenseiten der Oberschenkel kreuzt. Unter meinen Jeans zeichnen sich die schmalen Stoffstreifen ab.

Der Verband bleibt zwei Wochen lang dran. Ich wechsle ihn alle zwei Tage und verfahre nach den üblichen Vorschriften. Manchmal streichelt Ingo über den grauweißen Kokon und lächelt: »Ich weiß, es wird mir gefallen, was du ausgesucht hast. Ich habe da so eine Ahnung.« Dann sind die 14 Tage um. Es ist Abend, das übliche Programm, der Spätfilm öde, das Buffet vor uns auf dem Couchtisch leergeräubert, und Ingo zieht mir den Reißverschluß auf. Die Spots spiegeln sich in seinen Augen, er hat etwas von einem Vierjährigen unter dem Weihnachtsbaum. Ich komme ihm entgegen, als er die enge Hose von meinem Körper zieht, winde mich. Dann mache ich die Beine breit wie eine achtspurige Straße. Manchmal werden diese Tiere von Menschen in Talkshows in den Mund genommen, nur ein borstiges Bein schaut dann raus, und alle Zuschauer hecheln in Faszination und Ekel. Acht Beine mit dicken Haarbüscheln, braun und orange, in drei Glieder aufgeteilt, mit kleinen Chitinhaken am Ende hat Leslie auf den Innenseiten meiner Oberschenkel eingestochen, vier auf jeder Seite. Das Bruststück mit den langen Kieferfühlern leuchtet auf meinem Unterbauch. Daran hängt der pelzige Hinterleib, teils Tattoo, teils originaler, natürlicher Pelz. Wenn ich mich bewege, zucken die Beine, fangen an zu laufen. Ingo stützt sich an der Sofalehne ab. Er schwitzt. »Hat Leslie dir nicht den Schmetterling gezeigt, diesen wunderschönen, traumhafte Farben, er bewegt die Flügel, warum hat er dir den nicht gezeigt?« stammelt er. Die Vogelspinne besteht nur aus drei Farben, Schwarz,

Braun und Orange. Ich lasse ihre Beine tanzen, die Fühler zittern. Nach einer Weile tastet Ingo an der Wand entlang und knipst das Licht aus.

Alte Rosen

Emmys Blumen stören die robuste Anlage des Gartens durch ihre Extravaganz. Die schweren, zerzausten Blütenköpfe der alten Rosen sehen fremd aus, ungebetene Gäste, die sich in der neuen Umgebung sichtlich unwohl fühlen. Vom betonierten Rand der Terrasse blicken sie über die struppige Wiese mit den beiden Apfelbäumen – einer für Kai, einer für Ole, die beiden Kerle sind inzwischen größer als das Spalierobst – bis zur Ligusterhecke, die sie von Nachbar Eggers, seinen schwitzenden Grillwürsten, dem hysterischen Dackel und einer keifenden Ehefrau trennt.

Amelia, Belle Isis, Aimable Rouge und eine Namenlose in Dunkelrot. Trudi hatte nicht alle ausgebuddelt, nur die vier kleinsten, wehrlosesten. Alles andere wäre Wahnsinn gewesen; was ist eine 50jährige Frau mit Bandscheibenvorfall gegen eine meterhohe Kletterrose, deren Stammbaum bis zu den Römern zurückreicht? Jetzt kosten die starken holzigen Wurzeln, brutal zerteilt und gestutzt, die minderwertige Erde der Reihenhaussiedlung.

Wahrscheinlich werden sie ohnehin eingehen, jedenfalls nach Aussage des Strohhut-Opis, der das Vorgärtchen neben Emmys Besitz in eine pingelige Primeloase verwandelt hatte. Er hing während der gesamten Aktion am Zaun und empörte sich wie Trudi und ihre Clique im Sommer 68 vor dem Springer-Hochhaus: »Das können Sie nicht tun, mitten in der Blüte Rosen verpflanzen, dazu noch diese alten Sorten! Das überleben die nicht.« Sie hat es trotzdem getan, den Kopf abgewendet und in der von tagelangem Regen aufgeweichten Erde gegraben, gerissen, gewütet wie ein Söldner, der in seinen blutverschmierten Pranken mitschleppt, was geht. Sie wollte nur die Rosen aus diesem Garten weghaben, weg von Emmys Haus, aus den vom Unkraut eroberten Beeten. Achtung, Sie verlassen den Schnurgrassektor, Sie betreten die Distelzone! Nicht einmal sechs Wochen haben sie gebraucht, um alles andere abzuwürgen, dem Lavendel die Luft abzudrücken, Taglilien, Phlox und Rittersporn zu überrollen. Aber die Ladies mit den schönen Namen wollten anscheinend nicht von ihr gerettet werden, wehrten sich statt dessen, kratzten und bissen wie Raubtiere. Trudi betrachtet ihre Arme; dunkle Schorfgräben ziehen sich durch das Fleisch, bis zu den Ellbogen hoch.

Schließlich ging es nur darum, etwas Lebendiges von hier nach Hause zu tragen: atmende grüne Blätter, wehrhafte Dornenstengel. Erdklumpen, in denen sich Regenwürmer kringeln, den Lehmgeruch und das herbe Parfüm der verletzten Wurzelstöcke. Alles mit dem Rücken zu Emmys Haus, bloß nicht hinsehen. Die Fenster waren blind von blütenstaubigen Gewittergüssen, und der Schnickschnack auf dem Fensterbrett bekam täglich einen dichteren grauen Pelz – all die Silberleuchter, Porzellanhunde, dazwischen Enkelbasteleien, Toneulen, kleine Hände, von Kindergärtnerinnen auf feuchte Gipsplatten geklatscht und wild angemalt. Sie war seit Emmys Einlieferung nicht mehr drin gewesen, hatte nichts geputzt. Mit Absicht. Es war ein fauler Deal. Als ob der Staub, der so träge durch das Häuschen flockte, irgend etwas mit Emmys Kopf zu tun hatte. Da gab es auch Dreck: Blutpfropfen, Gerinsel, die die feinen Sendekanäle verstopften, die linke Körperseite gefühllos, den deutschen Wortschatz englisch machten. Geheime Verbindungen. Lass' ich dich in Ruh, läßt du sie in Ruh. Mystischer Schmutz. Wenn Emmy wieder richtig tickte und ihren Koffer packen konnte, dann würde sie das Putzweib durchschicken, Eva Merck. Die wäre schnell damit fertig und würde sie sogar verstehen. Auf dem Gang vor Emmys Zimmer waren sie gestern zusammengestoßen, zwischen dem Getränkewagen mit Diätfruchtsäften und dem hellblau leuchtenden Desinfektionsmittelspender. Eva könnte ihren raucherhustenden Alten noch mal durch die grüne Hölle hier jagen, zum Mähen und Jäten, Vertikotieren, Spritzen, Ausschneiden. Aber nicht jetzt. Ein fauler Deal, zugegeben, aber vielleicht funktionierte er.

Evas Augen, gutmütig braun, das Weiße rot geädert von den Baccardi-Sessions im ›Alten Friedrich‹, schwammen sofort. »Sie hat ja so abgenommen, und dann spricht sie nur Englisch, die ganze Zeit, ich konnte kaum folgen. Ich hab gerne für Ihre Mutter gearbeitet, Frau Steiner. Der Herr Dr. Bruscha war ja nicht so mein Fall, ganz ehrlich, aber Ihre Mutter, das ist eine echte Dame.«

Was sollte sie darauf sagen? Der Herr Dr. Bruscha war auch nie mein Fall, Eva, das können Sie mir glauben? Der Herr Dr. Bruscha ist erst einmal in Spanien, auf der Suche nach einem Altersruhesitz, Sonne für Senioren. »Wenn es Emmy besser geht, werde ich sie nachholen, jaja.« Vermutlich hat er an der Costa del Sol schon eine lustige Witwe aufgegabelt, er war ja zu Emmys besten Zeiten kein Kind von Traurigkeit gewesen. Kein Kind von Traurigkeit – dämlicher kann man einen notorischen Fremdgänger kaum bezeichnen. Das Schwein. Sie tätschelte Evas knochige Schulter unter dem Leopardentop, murmelte Höflichkeiten und schob sich an ihr vorbei, einen kühlschrankfeuchten Joghurt in der Rechten. »Hallo Mammiechen, mein Schatz, hast du wieder nichts gegessen?«

Trudi schüttelt sich und beginnt, den gelben Wasserschlauch am Hahn festzuschrauben. Es plätschert kühl und stetig. Aus Eggers Wohnzimmerfenster dringen Kaffeegeruch und Volksmusik. Trudi sieht auf die Uhr. In einer halben Stunde will sie ins Krankenhaus fahren, dann kann sie Emmy in Ruhe füttern, noch mal mit dem Arzt reden, einem solariumsgebräunten Schwulen, spricht ohne mit der Wimper zu zucken fließend Oxfordenglisch mit Emmy. Aber seine schlampigen Schwestern hat er nicht im Griff.

Gestern zum Beispiel, diesen Tag wird sie sich rot im Kalender anstreichen: ein Tag ohne den bläßlichgrünen Krankenhauskittel, kochfest und so praktisch, im Nakken geknotet als zynische Variante dieser hinten mit zahllosen Riemchen verschnürten, viel Rückenhaut zeigenden Oberteile, in denen alle Teeniemädels durch diesen Sommer taumeln. Gestern haben sie tatsächlich Zeit gehabt, ein richtiges Nachthemd aus dem Spind zu kramen und Emmy über den Kopf zu ziehen. Fünf Stück liegen da, von Trudi selbst gebügelt. Perlig glänzender Sticktwist malt die Rosa canina um den Halsausschnitt, die Hundsrose mit dem goldenen Auge in der Mitte. Emmys Haut fühlte sich kalt und verschwitzt an. Die Augen waren murmelgroß aufgerissen, die Fäuste krampfig geschlossen. »My sweetie«, ein winziges Lächeln kroch in die Mundwinkel.

Einen Kuß auf die klebrige Wange, die Lippen waren rissig, der Atem schlecht. Vor Emmy auf dem abwaschbaren Schwenktablett standen die Schnabeltassen Schlange, ungefähr zehn Zentimeter Entfernung zum Mund, ein Handgriff. Trudi steckte ihr den Strohhalm zwischen die Zähne, gieriges Schlürfen, zwei Becher wurden geleert. Verdammt. Auf dem Pflegeplan an der Tür die Krakel der Schwestern: 14. 08. 03 – getrunken: 200ml. Das feine weiße Haar war schmutzig und wirr. Trudi holte die Bürste aus der Nachttischschublade. »Darf ich dich ein bißchen zurechtmachen, Mammiechen?« Sie ließ sich auch die Lippen einfetten, mit dem Zeug aus der blauen Tube, das kennt sie doch, von Kais und Oles Wickeltischen, ihren wunden Babypopos, es ist nicht zu fassen. »Morgen bringe ich dir deinen Lippenstift mit, Rouge noir, Chanel, was meinst du?« Emmy schloß die Augen: »No. No. It's enough.« Die Hände wanderten auf der Bettdecke. Sie muß mit den Schwestern sprechen, vielleicht kann ein Friseur hierher kommen.

Dabei ist Emmy immer eitel gewesen. Auf der Frisierkommode mit den verstellbaren Spiegeln standen im Sommer Rosen, plustrige Blüten, rosa und weiß, in einer Endlosreihe gespiegelt. Daneben Emmys Gesicht, klein, herzförmig und nackt vor Erschöpfung. Den ganzen Tag saß sie am Radio, wo die Rotkreuzlisten heruntergeleiert wurden. Antons Name fiel nie, natürlich nicht. Ihre müde Stimme kam aus der Sofaecke, verschmiert von Veronal: »Trudi, machst du mir einen Filterkaffee?« – Muckefuck war ein ordinäres Wort. Später konnte sie aus der Tür treten, Tante Lottes Goldbrosche am gestopften Blusenkragen, die Lippen dick zugeschminkt mit dem fatalen Schwarzrot der Vierziger, auf dem Sprung, um Dr. Erich Bruscha im Café Central zu treffen. Kein Gejammer, kein »Ich kann nicht!« Was konnte sie plötzlich alles!

Trudi dreht den Hahn ab. Den Schlauch kann Reinhard aufräumen, wenn er nach Hause kommt. Der wird sich wundern. »Ich denke, du haßt Rosen?« Unter den Ladies hat sich ein schlammiger See gebildet. Hoffentlich gehen sie an. Trudi hat keine Erfahrung mit Rosen, denn es hat in ihrem Garten nie welche gegeben. Ein Jungsgarten mußte es sein, ohne das Blumentheater, das affige Zupfen und Zippeln an Blüten und Blättern, das Hantieren mit Gartenschere und Giftspritze, weil auch Prinzessinnen mal Läuse kriegen. Lieber ein kleiner Tümpel, Grasfrösche, Molche und Wasserläufer. Und Kürbisse, die im Oktober zu fußballgroßen Kugeln anschwellen und die Namen ihrer kleinen Gärtner, im Frühsommer mit sanft geführtem Taschenmesser eingeschnitten, auf der rauhen gelben Schale tragen. Keine zickigen Rosen, zu dornig für Kinderhände, zu anfällig.

Natürlich hat Trudi trotzdem eine Rose, Climbing Peace, eine amerikanische Züchtung. Sie klettert bis unter die Dachrinne, wuchert die Hauswand hoch, mit armdickem Stamm und entsetzlichen Haken, dabei so alltäglich, daß sie sie fast vergessen hätte – ein Dauerblüher im optimistischen Rosa-Orange der späten Sechziger. »Passend zu euren Wohnzimmergardinen«, hatte Erich damals gegrinst und nach dem Spaten gegriffen, ohne Reinhards oder ihre Zustimmung abzuwarten. »Das ist eine moderne Rose, braucht kaum Pflege. Genau das Richtige für eine junge Familie.« Emmy stand lächelnd daneben, wahrscheinlich, weil sie mit ihrem Lebensgefährten – ein Wort wie Muckefuck, aber was soll man machen, wenn der Kerl nie wieder heiraten will – ausnahmsweise einmal einer Meinung war. Kein Gekeife und Genöle. Es fehlte auch der routinierte Griff an die Stirn, die sich lustvoll in das schmiegsame Dreieck zwischen Daumen und Zeigefinger bettet. »Oh, meine Migräne, ich sehe nichts mehr!« Dazu das Schnappen der Pillendose, auf dem Deckel spitzt eine Teerose ihre schmale Knospe, während Dr. Bruscha seine Pläne ändern muß.

Diese seltene Einigkeit gab es auch kurz nach den Café Central-Sitzungen. Trudi rechnet, fünfzehn muß sie damals gewesen sein. Mammie und ihr Neuer waren sich einig, hatten sie nicht gefragt. Nur eng nebeneinander auf dem Sofa gesessen. Kein »Wie war's in der Schule?« Auf Mittagessen hatte sie ohnehin nicht gehofft, es sei denn, sie machte es sich selbst. Sie redeten und gestikulierten, vorwiegend Erich, fast hysterisch, wie Kinder, die etwas aushecken. Dann schnell den Globus vom Buffet geholt, Antons Globus, und den sehnigen Zeigefinger auf den Nahen Osten gelegt. »Das ist der Irak. Und hier liegt Baghdad.« Der ganze Tisch war voller Papierkram. Edel gestanzte Briefköpfe: British General Hospital. »Ein Studienkollege ist jetzt dort unten. Die brauchen immer Leute. Hier habe ich keine Chance, ist doch alles kaputt.« Zum Schluß die Flugtickets, seidiges Geknister, ein Datum in zwei Wochen. »Eine einmalige Chance. Und Emmy kommt mal hier raus, nach all den schlimmen Jahren. Du bist doch schon eine junge Frau, du brauchst keine Mutter mehr. Jetzt ist Emmy mal dran.« Trudi hielt sich an Reinhard, er war drei Klassen über ihr, kurz vor dem Abitur. Zwei Tage nach Emmys Abreise hatten sie das erste Mal miteinander geschlafen. Im Spiegel der Frisierkommode sah man endlos oft Trudi, endlos oft Reinhard, während Emmy mit Erich in einem klapprigen VW-Käfer von Khafajeh nach Tell Asmar bretterte. Zum Glück war nie was passiert, Ole kam zehn Monate nach ihrer Hochzeit.

Lange blieben sie nicht da unten, knapp ein Jahr. Bei den Nachbarn standen strohumwickelte Chiantiflaschen und Miniatur-Gondeln auf der Kredenz. Emmy hielt dagegen mit feingeknüpften Wandteppichen und einer in Assur geklauten Ischtar-Figur mit Kürbisbrüsten. Irak-Fotos füllen zehn Seiten im roten Album: Emmy neben einem Kamel, dazu zwei dunkelhaarige Jungen im Kaftan. Ihr Kopftuch ist kein nach Trümmerfrauenart unter dem Kinn geknoteter Fetzen, sondern ein Grace-Kelly-Schal, der elegant Ohren und Hals umschmiegt. Kai und Ole waren stets begeistert: »Emmy-Oma, erzähl von Baghdad! Von der Wüste!« Und blätterten, mit vorher gewaschenen Händen, eilig vorbei an Trudi als Baby sowie an Anton in der Wehrmachtsuniform. Ihr Vater ist ein junger Mann, ein Grünschnabel, faltenlos, nicht trocken hinter den Ohren. Lieber Gott, mach mich fromm, daß ich in den Himmel komm, und mach, daß mein Vati gesund aus dem Krieg wiederkommt. Erich grinst im weißen Kittel vor dem Hospital in der Al-Adham-Street. Dann öffnet sich Baghdad: im Gewühl des Tahrir Square steht eine winzige Emmy vor dem Liberty Memorial, lacht im Suq al-Ghazal einen Gemüsehändler an, winkt vor der Mirjan-Moschee. Dazu gibt es ungefähr drei bis vier nichtssagende Geschichten. »In Persien haben wir das Bier immer aus *tins* getrunken!« Emmys Filmstar-Zeit: weiße Handschuhe, Schildpattsonnenbrille, High Society unter Kameltreibern. Dort kam das fließende Pidgin-English der höheren Tochter gut an: wenig Grammatik, kaum Vokabeln, dafür die natürliche Begabung, zu sprechen, wie einem der Schnabel gewachsen ist.

Trudi weiß nicht, wie die Rose heißt, die sie jetzt für ihre Mutter schneidet. Eine Reihe pompöser Frauennamen ist ihr im Gedächtnis geblieben, kein Wunder bei Emmys Geleier: »Wie wunderbar die Sonne auf die Amelia scheint!« »Sieh nur, Nanette im Taumantel, ein Gedicht!« Die kleinen leuchtendroten Blütenpompons verströmen den schweren Ölrosenduft der Damaszenerrose. Sie knipst einen ganzen Zweig ab, entfernt die Dornen mit dem Messer. Die Blüten halten sich aufrecht, vielblättrig und schwer, man kann das Innere nicht sehen, so viele seidige Blättchen sind darum geordnet.

Die Dicke im Schwesternzimmer nickt Trudi mürrisch zu. Emmy sitzt aufrecht im Bett, der hellgrüne Kittel unterstreicht ihre Blässe. Die Augen sind geschlossen. Sie legt die Blumen auf die Decke. Die verkrampften Fäuste kriechen über bei 90 Grad gewaschene Baumwolle. Trudi nimmt die kalte Rechte und bricht sie vorsichtig auf, Finger für Finger. Der dornenlose Stengel schmiegt sich hinein. Emmy schaut auf, schnuppert, fährt mit dem Finger in die Blüten, er verschwindet im scharlachfarbenen Inneren der Rose. »A Persian Rose, this is a Persian

Rose. I brought it from Baghdad, just a small twig. It grew in the hospital garden. Smelled wonderful.« Trudi hat keine Ahnung, ob Emmy mit Rosenablegern nach Hause zurückgekehrt ist. Egal. Woran erinnert sie sich schon? Doch nur an die schmißgeschmückte Fresse von Dr. Bruscha, der die Überseekoffer ins Schlafzimmer wuchtete, grinsend auf das Ehebett zeigte: »Na, hast du inzwischen deine Unschuld verloren, Trudilein?«

Emmys steife Finger haben einen roten Pompon zerzupft und die Blütenblätter auf der Bettdecke verstreut. »Sweetie, he said to me. Sweetie, you are my red red rose.” Sie schließt die Augen, lächelt. Trudi sieht, daß das unsichtbare Herz der Blüte braun und angefault ist. Alte Rosen vertragen keine langen Feuchtigkeitsperioden. Tau und Regen können aus den dichten Blättern nicht ablaufen, sie gammeln langsam vor sich hin. Schnell fegt sie das Zeug unter das Bett. Emmy ist wieder eingeschlafen.

Hier ist es still

Der Sandsteinlöwe am Türportal von Nr. 112 zieht die Mundwinkel so eingebildet hoch wie an jedem Morgen. Gemeißelte Arroganz, trotz heraushängender Zunge. Er riecht, daß ich nicht von hier bin, »rei'gschmeckt«, rümpft die Nase, obwohl seit drei Monaten keine Berliner Luft mehr in meinen Klamotten hängt, der kreidige Staub der Frankfurter Allee unter den Hacken längst abgetreten ist, Benzin- und Lindengestank des Besarinplatzes verflogen sind. Ich sehe über die Schulter zurück. Mein Weg zum Job, eine stille Villenstraße im Stadtzentrum, liegt im strahlenden Licht eines frischgewaschenen Montagmorgens, kein Mensch weit und breit. Kurzentschlossen drücke ich dem Löwen meinen halbgegessenen Frühstücksapfel – Cox Orange vom Bodensee – in die Fresse. Ein Stück bricht ab und fällt auf den sauber gekehrten Gehweg. »Trottwar« sagen sie hier. Der Löwe schweigt. Er könnte doch fauchen, das dauergewellte Haupt schütteln, schwäbische Grobheiten brüllen: »Lausige Krot, kreuzliedrige, alte Saubutzel, Drecksuckel, elende!« Diese Liste einheimischer Verbalinjurien hat mir Marcel, mein neuer Kollege, schon am zweiten Tag gemailt. »Damit du entsprechend rausgeben kannst, falls die Ureinwohner dir dumm kommen.« Marcel ist ein Wirtschaftsflüchtling wie ich, allerdings nicht aus der krisengeschüttelten Hauptstadt, sondern aus dem Saarland. Sein Heimweh ist längst verflogen. Er ißt mit Begeisterung saure Kutteln und Gaisburger Marsch, sagt bei jeder Gelegenheit »Grüß Gott«, »Ade«, sogar »Tschaule« und verkündet ständig, daß die Schwabenmetropole bundesweit die höchste Lebensqualität aufzuweisen habe.

Seit ich hier bin, hat es nur nachts geregnet. Jeder Tag

bietet eine optimistische blaue Kulisse für diese lange Reihe unzerbombter Bürgerhäuser. Jahrhundertwende, satt und schwerfällig. Sie strecken ihre Erker wie feiste Bäuche vor, durchbrochen von Säulenbalkonen, bekrönt von Fachwerktürmchen, geschmückt wie Pfingstochsen an den Fassaden. Da steht St. Urban kniehoch im Rebendschungel und winkt mit Weintrauben, dort jagen fette Putten ein Schwein durch Rosenranken, und weiter hinten webt eine Spinne ihr steinernes Netz in einem Dachgiebel.

Ich kneife die Augen zusammen, die Sonnenbrille liegt noch auf dem Küchentisch, zu Hause. Diese beiden Wörter sind sogar in Gedanken ein Wagnis: Zu Hause. Zu Hause hätte dieser eingebildete Löwe längst eine rotgesprayte Nase und geschwärzte Stirnlöckchen, und die schmerbäuchigen Nixen, die sich auf der Fassade von Nr. 134 gelbe Sandsteinwellen über die Schwänze gießen, rosa Brustwarzen und »Dumm-fickt-gut«-Tattoos. Graffitti auf allen erreichbaren Flächen: »Bush abfackeln!«, »Nazinasen brechen!«, »Jana ist der Arsch der Revolution«. Das fand man auf den in Wessi-Wohlfühl-Pastell gestrichenen Hauswänden ebenso wie auf den unrenovierten, die ihr Ofenheizungsgrau und die Einschußlöcher vom Mai 45 so stolz tragen wie ein bejahrter Knastvogel seine Kampfnarben. »Das, was du kennst, das ist doch nicht Berlin!« hat Tobias gesagt. Selbstverständlich ist er vor der Wende hergezogen, nicht so wie ich Weichei, das von Anfang an vom Zoo bis Bahnhof Friedrichstraße durchfahren konnte, ohne je mit Geisterbahnhöfen, Zwangsumtausch und Ketwurst in Berührung gekommen zu sein. Aber die Straßenbahnen quietschten noch durch Friedrichshain und Prenzlauer Berg, die Schrippen waren pappig wie feuchte Kartonagen, und auf dem Alexanderplatz lauschte ich dem »dit«, »ikke« und »janz jenau« so verzückt wie ein junger Anthropologe seiner ersten Eingeborenenvokabel. Jetzt stehe ich auf einer südlichen Straße, kicke den Apfelrest in den Rinnstein und gehe schnell auf das glänzende Messingschild am Haus Nr. 148 zu: »Brainstormers – Media Solutions«.

Im Treppenhaus herrschen mindestens 25 Grad; die Agentur hat vier Stockwerke gemietet, alle Eingangstüren bleiben angelehnt, und 30 Computer, zehn Espressomaschinen und zahllose verschnörkelte Gründerzeitheizkörper strahlen ihre Energie nach draußen ab. Auf der zwölften Stufe treffe ich Fadile, unsere Marketing-Lady. Sie trägt heute einen Rock aus babyblauer Wildseide, farblich passende Stöckelschuhe und in den Ohren rosa Glasfische. Ihre Sonnenbrille ist bombastisch. Jetzt hebt sich eine zum Strich gerupfte Augenbraue über den schweren Hornrahmen. »Was hast du mit Marcel gemacht? Er hat ja obermiese Laune. Das ändert aber nichts daran, daß der Pizza-Flyer heute nachmittag präsentiert werden muß.«

Ich drücke meine in geringelte Baumwolle verpackten Cup-D-Brüste in einem darwinistischen Impuls nach vorne, wie immer, wenn ich mit diesem Hungerhaken zusammentreffe. »Wir waren in der Oper. Nozze.« Sie zieht warme Treppenhausluft durch die winzigen Nüstern ein und klappert die Treppe hinunter. Mit »Nozze« kannst du jeden wegpusten. Man sagt nicht »Die Hochzeit des Figaro«, auch nicht »La Nozze di Figaro«. Ein hingeschleudertes »Nozze«, und der Soap-Gucker zieht den Schwanz ein, auch wenn er, wie Fadile, gar keinen hat.

Die Oper ist schön mit ihrer oxidierten Kupferkuppel, den alten Kastanienbäumen und dem schwanenbewehrten Teich. Marcel hat mich in der ersten Arbeitswoche hingeführt. Es gab einen Ballettabend, Wiener Lieder vom Band und melancholische Verbiegungen. Ich habe im Foyer hinter einer Säule geheult, während Marcel in der Getränkeschlange stand. Er hat mir auch die Staatsgalerie gezeigt, mich durch die Drehtür über den giftgrünen Noppenboden geschoben, die Rampe hoch, vorbei an der Großen Stehenden und Beuys' goldenem Hasen, der ungerührt in seiner Vitrine glitzerte. In einem abgedunkelten Raum steht Schlemmers Triadisches Ballett. Marcel fuchtelte begeistert mit den Armen. »In Ossi-Town mußt du stundenlang mit der versifften U-Bahn fahren, um so was zu sehen. Hier kannst du zu Fuß hin.« Jetzt komme ich öfter, immer alleine, nach dem Lunch-Döner, mit Zwiebelstückchen zwischen den hinteren Molaren und nur für zehn Minuten. Außer dem Wachdienst ist niemand hier; ich stelle mich direkt vor die Figurinen und warte, die Schwärze des Raumes im Rücken. Das ist der Türke mit Turban und geringeltem Bauch, wie ein Michelinmännchen aus farbiger Knetmasse. Das ist die Dame, tanzende Silberdrahtwolken um Kopf und Hüften. Das ist der Abstrakte, den kubistischen Kopf rotweiß abgeteilt, in der Linken einen goldglänzenden Prügel. Die Dunkelheit schluckt jedes Geräusch und alle Sonnenstrahlen, die Türkenbauch und Rotkopf gefährlich bleichen wollen. Früher haben die Tänzer im Tageslicht gestanden, das durch die gläsernen Decken bricht. Mir ist es so lieber. Die künstliche Beleuchtung produziert Schatten und Bewegungen, es dreht sich die Drahtdame, wippt der Türkenhut. Sie setzen die Füße in abgezirkelten Schrittfolgen, nicken mit den Köpfen, posieren eckig und langsam. Ich sehe ihnen zu. Wenn ich Glück habe, wird mein Kopf so leer wie der Morgenhimmel über den Protzpalästen und genauso still. Das Berliner Gequassel hört auf, es gibt keinen Tobias mehr, der mir die Hand unters Kinn legt und sagt: »Ich weiß auch nicht, warum ich mich so für dich begeistere«, keine Linie 23, die mit zerschlitzten Sitzpolstern dem Ziel »Warschauer Straße« entgegenkeucht, und keine rolligen Katzen, die im Hinterhof singen. Berlin-Friedrichshain versinkt unter den lautlosen Schritten der stummen Tänzer wie Venedig im aqua alta, und ich kann kurz die Augen schließen.

Ich hole mir einen O-Saft aus der Küche. Marcel sitzt in seiner Fensterecke, dunkelblaue Burlington-Rauten spannen sich über die schmale Brust. Er schaut nicht hoch. Ich lese meine Mails und finde ein »Betr.: Nozze. Tieftraurig. *Le spectre de la rose* ist bereits gebunden, bezeichnete alles als ›netten Ausrutscher‹ und flog im Morgengrauen davon. Immer dasselbe. Bin nicht in Pizza-Stimmung.« Ich hacke ein paar Trostformeln herunter, dann werfe ich Foto-Shop an, färbe Hintergründe tomatenrot und pistaziengrün, verschiebe Oliven und Salamischeiben und lasse Mozarella cremig von knusprig gebräunten Teigrändern tropfen.

Le spectre de la rose war eine Paraderolle von Nijinski, dem Tänzer, der die höchsten Sprünge vollführte, die ein Mensch je getanzt hat. Starb in einem Schweizer Irrenhaus als debiler Tattergreis, zittrige Schritte auf dem letzten Film, ein alter Mann, der in der Geräuschlosigkeit eines Schwarzweißstreifens herumtapert und lächelnd auf seine Füße blickt. »Nach seinem Tod hat man festgestellt, daß seine Sprunggelenke gebaut waren wie bei einem Vogel.« Der Junge sah zu Marcel auf, die volle Oberlippe wie eine weiche rosa Molluske am Rand des Sektglases festgesaugt, das wir ihm in der Pause spendiert hatten. Gerade achtzehn geworden, steht kurz vor dem Abitur und der Abschlußklasse an der hiesigen Ballettakademie. Sein schmaler Hals wuchs hoch zwischen kitzlig langen Kragenecken mit orangefarbenen Streifen, der Rücken war kerzengerade, die Beine muskulös. »Ziemlich niedlich«, bestätigte ich Marcel, als wir in die Loge zurückkehrten. Ich nahm seine Hand, lehnte mich an seine warme Schulter, roch sein After shave, zimtbitter. Der junge Tänzer saß uns genau gegenüber, sicher auf Dienstkarte, und während das Licht langsam dämmrig wurde und Susanna mit dem geilen Grafen im Schlepptau auf die Bühne trat, verdrehte er die Augen. Fadile und Jenny tun das auch häufig, sie kichern dabei: »Typische Schwulenmutti, vielleicht klappt's ja mal, wenn Marcel einen sitzen hat.« »Glaub ich nicht, bei den Titten, die merkt er auch im Koma.«

Der Sopran der Gräfin Almaviva schwang sich todtraurig bis unter die goldenen Stuckgirlanden und schluchzte sich aus. Susanna fiel tröstend ein, gemeinsam webten sie ihre Intrige. Ich kuschelte mich an Marcel, und Zimtbitter legte sich über mich. Es hängt auch zwischen den knittrigen Laken meines Berliner Schlafzimmers. Nachmittagssonne rollt sich als helle und unempfindliche Auslegeware über die staubigen Dielen, Tobias langes Haar fällt über seine Schultern, den verblassten Anarcho-Stern und den schief grinsenden Mao, kitzelt meine Brüste. Ich ziehe ihn an mich, er stöhnt, haut dann die Faust ins Kopfkissen. »Ich geh nicht weg aus Berlin, nur wegen der Kohle. Schon gar nicht da runter, zu den Spätzlespießern.« Das Finale brauste dem Ende entgegen, alle sind glücklich. Das Licht ging an. Der Junge winkte Marcel zu.

Marcel wohnt in der Bopserwaldstraße. Man muß 105 Stufen hochsteigen, um vor seiner Haustür zu hecheln. »Stäffele« sagen sie hier. Der Junge sah sich um, bewunderte stumm die Retrolampen, den knallroten Loveseat aus butterweichem Leder, die stahlgerahmten Warhol-Drucke. Lächelte und drehte eine Pirouette. Natürlich ahnte er nicht, daß Marcel ein fettes Minus auf dem Konto hat, genau wie ich. Wir hauen alles raus. Marcel, weil er jetzt lebt, wie er immer sagt, und ich, damit ich nichts übrig habe für eine Fahrkarte nach Berlin-Ostbahnhof.

Ich sah den beiden zu, während der Soundtrack zu Greenaways »Drowning by numbers« aus den Boxen flutete. Der junge Tänzer rauchte, begleitete diese sichtlich ungewohnte Handlung mit schwungvollen Gesten, wahrscheinlich aus der Gauloises-Werbung. *Liberté toujours*. Er sah Marcel in die Augen, ließ den Rauch ausströmen. Irgendwann hatte er nur noch seinen Strohhut auf, ein nostalgisches Exemplar mit gestreiftem Seidenband. Sah erst stolz auf seinen elegant gebogenen Schwanz herab, dann in einen Art-Deco-Spiegel, fing meinen Blick auf und sagte: »Ich find mich halt hübsch.« Ich schaute zu Marcel, der aus seiner Cordhose stieg und langsam beide Arme um die Hüften des Jungen schlang, stark behaart, sie lagen wie eine Pelzschärpe auf der weißen Haut. Über die schmale Schulter hinweg grinsten wir uns an. Grinsten wie zwei alte verfilzte Kater, zwischen deren Tatzen das Mäuschen seinen letzten Sprung macht. Wir sind über dreißig, fahren geleaste Sportwagen und werden morgen zusammen den Pizza-Flyer fertigmachen. Das junge arrogante Gesicht verschwand aus meinem Blickfeld, es gab nur noch Marcel, der den Kopf zurücklegte, die Augen genießerisch geschlossen. Ich dachte an Tobias und schob ihn vor Marcel, mich vor den anderen, lehnte mich in das rote Leder zurück. Später war die CD abgespielt, man hörte das müde Rauschen der Anlage im Standby und unseren Atem. Ich nahm meinen Mantel und schlich nach draußen.

Quattro stagioni, Funghi e Parma, Gorgonzola e Ruccola strahlen vom Beamer. Marcel bietet unser Werk schwungvoll und überzeugend dar, er hat wohl auf Autopilot geschaltet. Ich klicke auf Handzeichen die Graphiken an und lasse Schriftzüge aufleuchten. Fadile nickt, die rosa Glasfische schaukeln im Takt.

Nach der Präsentation stelle ich mich mit meinem blöden kanariengelben Handy auf den Balkon der Teeküche. Wähle 030 und den bekannten Rest. Es dauert lange, bis Tobias sich meldet. »Wann kommst du?« Er atmet aus, ich höre sein Feuerzeug schnippen, sehe die blaue Untertasse voller Kippen, Marlboro, pedantisch abgeraucht und ausgestippt. Bestimmt knallt die Nachmittagssonne in die Küche, beleuchtet die Tomatensoßenflecke vor dem Herd, den riesigen Busch Basilikum auf dem zerschrammten Holztisch. Seine hellen Blütendolden schwanken über dem Grün, eine verirrte Hummel strampelt darin, reibt Duft aus den breiten Blättern. Tobias Feuerzeug ist aus Plastik, darauf steht »Prater. Berliner Speiselokal mit Gartenwirtschaft seit 1878«. Die Kastanienallee, weißlicher Staub auf den lackierten Zehennägeln, Engelstrompeten wuchern über die bröckelnden Balkone, die Regenbogenfahne zittert im Wind, ein Typ spielt Saxophon. Tobias bestellt Reibekuchen. Unsere Hände sind schweißig, trotzdem lassen wir uns nicht los. Ich wiederhole meine Frage. Tobias seufzt. »Morgen geht ein ICE, 17:10 Uhr ab Ostbahnhof.« Ich weiß, daß er jetzt aufsteht, den Hörer an der stoppeligen Backe, zum Fenster geht und in den Hof schaut, über das Farbspektrum der Bio-, Glas- und Papiertonnen hinweg, die hellgelbe Wand des Hinterhauses entlang bis zu dem Dachfirst, wo als festgeleimter Scherenschnitt gegen den hellen Himmel eine Amsel sitzt. Sie singt sehr laut. Ich klemme das Handy zwischen Hals und rechtes Ohr, suche in der Hosentasche nach Zigaretten und Streichhölzern. Tobias atmet und raucht. Die Amsel singt in Berlin. Hier ist es still, alle sind zum Essen gegangen. Ich reiße ein Streichholz an, halte es an die Zigarette, mache einen, zwei Züge. Höre zu. Irgendwann legt Tobias auf.

»Mein Geburtsjahr war der absolute Höhepunkt des Genres. Gründerzeit, Goldrausch, verstehst du? Wußtest du, daß 1972 insgesamt zwölf Zombiefilme gedreht wurden? In den Staaten, in Mexiko und in Europa!« Melanie streicht die Locken aus der Stirn, pellt sich aus ihrer Frühherbstuniform – Poncho, Schal und peruanischer Pudelmütze – und zieht die hohen Stiefel aus. Mit der Begeisterung für das Thema wird ihr westfälischer Tonfall stärker. Sie merkt es nicht und klingt wie sonst nur bei Telefonaten mit der Sippe aus dem münsterländischen Heimatdorf. »Auf einen Einwohner kommen 200 Schweine, drei Fahrräder und ein Dutzend Nonnen!« Im allgemeinen bemüht sich Melanie angestrengt darum, die Kennzeichen dieser Herkunft zu verbergen. Ihr Eifer für das Hamburgische stellt jeden Pfeffersack in den Schatten und führt so weit, daß sie das von alten Damen in Tweedkostümen und Ohnsorg-Schauspielern gepflegte spitze St- mit unschuldiger Miene an Wortanfänge setzt und sogar mittig verwendet: »Ich muß in das Klopstock-Seminar.«

Jetzt, im Schein der Schreibtischlampe, mit schwarzrot bestrumpften Füßen zielsicher über einen Stapel Thomas-Bernhard-Forschung steigend, sieht sie kaum älter als fünfzehn aus. In ihrem Gesicht gibt es eine einzige Falte, sie sitzt über der Nasenwurzel und taucht nur in tragischen Momenten oder bei großer Müdigkeit auf. Im Augenblick ist die Stirn glatt und von einer leuchtenden Frische. Bei ihrem Anblick kommt sich Gregor alt, grau und kinderschändermäßig vor. Er ist Jahrgang 1962. »Thilo meint, ich solle meine Arbeit vergleichend anlegen, den regionalen Kontext einbeziehen. Es sind viele spanische Regisseure dabei, auch Mexikaner, die packen das Thema völlig anders an: Todessehnsucht, Erotik, geweihte Hostien, das ganze Katholizismus-Ding eben. Thilo stellt sich eine Überblicksdarstellung vor, denn da gibt es so gut wie gar nichts. Vielleicht habe ich sogar die Möglichkeit, im Journal of Contemporary Horror Film zu veröffentlichen, mit ihm zusammen natürlich.«

Mit schnellen Bewegungen – sie hat hübsche kleine Hände, nur die Nägel sind abgekaut – entwirrt sie die bunten Kordeln ihrer Büchertasche, ein indisches Objekt mit rosa Elefanten. Es stammt aus einem Laden im Karo-Viertel und stinkt immer noch nach Räucherstäbchen. Melanie kann an solchen Geschäften nicht vorbeigehen, ebensowenig an Flohmärkten. Sie hält es sogar in den mit dem Geruch von Katzenscheiße geschwängerten Katakomben von Harrys Hafenbazar stundenlang aus, wo sich getrocknete Kugelfische in den trudelnden Kreisbewegungen eines Mobiles über vermoderten 50er-Jahre Comics bewegen. Sie verläßt diese Orte nie mit leeren Händen. »Zu Hause war nur einmal im Jahr Flohmarkt, zum Schützenfest. Mit Schweineversteigerung und dikkem Pickert, falls du weißt, was das ist.«

Aus dem Beutel zieht sie drei Videokassetten. Auf den seitlich angebrachten Klebestreifen kann Gregor PD Dr. Thilo Platthardts schwungvolle Schrift sehen. Dunkelgrüner Filzer, die reinste Reviermarkierung, wie ein Köter, der grün pißt. Er kennt diese Klaue von den Randnotizen auf Melanies letzter Hausarbeit aus dem Einführungsseminar über expressionistischen Film, mit dem ihr Platthardt-Spleen anfing. »Ich habe schon Material mitgebracht. Thilo besitzt über 500 Bänder. Aus dem Platthardt-Archiv hat er gesagt, total witzig, oder? Ich mußte sogar ein Kärtchen ausfüllen. Er vertraut mir ja, aber die Erfahrung mit anderen Studierenden ...Wir können gleich den ersten Film sehen und dabei essen.« Gregor weiß aus den Erzählungen seiner Freundin, daß Thilo

Platthardt seine Wohnung am Abendrothsweg außer mit der umfangreichen Videokollektion mit zwei Katern teilt, die auf die Namen Norman und Bates hören. Daß der Medienwissenschaftler einen Kopf voller schwarzer Locken und sehr blaue Augen hinter einer italienischen Designerbrille hat, konnte Gregor selbst sehen, als er Melanie vom Seminar abholte. »Der trägt bestimmt farbige Kontaktlinsen, so wie der kopulierende Teufel in ›Rosemarys Baby‹«, hatte er noch geflachst. Mel war nach diesem Scherz ziemlich abweisend und ließ Gregor lange vor der Bibliothek warten, wo sie sich Paz' Schwarze Romantik auslieh.

Jetzt wendet sie sich dem Inhalt der Plastiktüte aus dem türkischen Supermarkt zu und baut mediterrane Lebensmittel auf Gregors Schreibtisch auf. Dieser hat sich unter der heutigen Abendunterhaltung alles andere als die Analyse drittklassiger Zombiefilme vorgestellt, schweigt aber und betrachtet weiter Melanies Beine.

Melanie und Gregor waren vor einem halben Jahr am Büchertisch des Antiquars vor der Hauptmensa zusammengestoßen, beide scharf auf dasselbe Buch: Hans Erich Nossack, Der Untergang. Der Klassiker über die Bombardierung Hamburgs als reduziertes Mängelexemplar. Melanie wollte das Buch wegen ihres Hamburg-Fimmels, Gregor, weil er in Nossack einen Vorläufer Thomas Bernhards entdeckt zu haben glaubte. Kavaliersmäßig trat Gregor vom Kauf zurück. Natürlich fand er den Po unter den schauerlichen 70er Jahre-Blumen ihres Cordkleids niedlich. Auch, daß sie ihn sofort ansprach und fragte, ob er neben Nossack noch andere Vorlieben habe, literarischer Art, natürlich. Keine Elblette mit Perlenknöpfchen im Ohr hätte diese Frage über die Lippen gebracht. Die Tatsache, daß Gregor ein echter Hamburger war, nahm sie sofort für ihn ein. »Geboren im Allgemeinen Krankenhaus Barmbek, aufgewachsen in Hoheluft, Neumünstersche Straße, Abi an der Hege-Penne.« Gregor nutzte diese Begeisterung, um Hamburg vor Melanie aufzufalten wie eine alte Seekarte, die alles verzeichnet, von der Schatzinsel bis zur Warnung *Hic sunt dracones*. Er ließ sie die Stadt fühlen, schmecken, riechen. Lief mit ihr durch den alten Elbtunnel, vorbei an Aalen, Kraken und Ratten auf glasierten Jugendstilkacheln, zeigte ihr die herrenlosen Gebisse, Brillen und anderes skurriles Alltagsstrandgut im Kanalisationsmuseum, die funkensprühenden Schweißarbeiten auf den nächtlichen Docks, die hohen weißlackierten Holzbrüste der Galionsschönheiten im Altonaer Museum. Seine Mutter kochte für Melanie den Original-Grünkohl mit Kasseler, Kohlwurst und karamelisierten Kartoffeln, und Gregor schleppte sie in eine Kiezkneipe mit zwanzig verschiedenen Tequilasorten, wo er heldenhaft den Wurm schluckte. Schließlich legte er sie flach: 54 Kilo bewegliche Masse mit zartem Flaum auf den Oberschenkeln, keiner einzigen Krampfader und dem Selbstbewußtsein, nackt durch die WG-Küche zu spazieren, das Gregor von Frauen seines Alters nicht kannte.

Über den Notizen zum zweiten Kapitel von Gregors Dissertation ist eine Paprikapyramide entstanden, gekrönt von roten Zwiebeln und einer glänzenden blauschwarzen Aubergine. Hastig zieht er die Zettel weg. Nicht, daß hier viel Verlust möglich wäre. »Die Zersetzung des Subjekts: Studien zu Thomas Bernhards ›Der Untergeher‹« ist noch nicht sehr weit fortgeschritten. Manchmal fragt sich Gregor, warum er sich jemals auf die in konjunktivische Endlosschleifen verpackten Depressionen dieses Österreichers eingelassen hat.

Ein Doktorvater mit Geburtsort Graz und die Tatsache, daß er nach einem mittelmäßigen Abschluß in Germanistik und Geschichte keine Lust verspürte, sich dem überfüllten Arbeitsmarkt auszusetzen, zählen nicht wirklich als Argumente für eine Zeit und Geld fressende Fleißarbeit.

Mit einem Stipendium zur Finanzierung des Bernhard-Projektes hatte es damals nicht geklappt. Deshalb sitzt Gregor vier Tage die Woche auf einem dänischen Designerdrehstuhl und telefoniert: »Carla Klapproth Immobilien, Gregor Jansen am Apparat, was kann ich für Sie tun?« Carla ist eine schmale, silberhaarige Ur-Hamburgerin mit einem Stammbaum bis zu Störtebekker. Sie hatte ihn ursprünglich zum Kopieren, Teekochen und zur Pflege der exquisiten Zimmerpflanzen engagiert. Nachdem Aechmea und Billbergia unter Gregors Händen einen zweiten Frühling erlebten und der Orange Pekoe für die Klienten stets blättchenlos serviert wurde, durfte er selbst »ein wenig makeln«, wie Carla das ausdrückte. Sie überließ ihm die Herrschaften am Telefon und nimmt ihn in letzter Zeit immer öfter mit auf Besichtigungstermine.

Gregor findet den Job interessant, denn er ermöglicht ihm, aus den Fenstern fußballfeldgroßer Wohnzimmer über sanft abfallende Rasenflächen in das grünliche Wasser des Leinpfadkanals zu starren oder im verschnörkelten Jugendstil-Fahrstuhl zu einem Penthouse hochzuschweben.

Melanie lassen Gregors Erlebnisse und Empfindungen aus der Welt der Immobilien kalt. Sie kann Carla nicht leiden, nennt sie Windhundgesicht und findet ihr Gewerbe »in gesellschaftspolitischer Hinsicht« anrüchig. Gregor schämt sich ein bißchen, denn er verheimlicht seiner Freundin seit einigen Monaten, daß die Begehung besenreiner Appartements mit Alsterblick, das Meditieren über den Kästchenmustern der Wohnungspläne und Carlas kubanischer Kaffee in seinem Leben eine immer größere Rolle spielen, ihm letztlich sogar mehr Richtung verleihen als die Probleme von Bernhards vergrämten Ich-Erzählern.

Melanie setzt sich auf Gregors Schoß. Sie riecht nach Kokosparfum aus dem Bioladen, zappelt ein bißchen, läßt sich Hals und Ohrläppchen küssen. Dann macht sie eine abgehackte Bewegung in Richtung Sofa, zu der Wand hin, hinter der gerade, in ziemlicher Lautstärke, Frank Zappas ordinär-verschrammtes Organ aufdröhnt. »Weißt du, was sich dein toller Mitbewohner, dein Burgi, jetzt wieder geleistet hat?« Ihre dünnen Augenbrauen ziehen sich zusammen, zwei weiche Raupen mit hellgoldenem Pelz, unspektakulär im Vergleich zu dem hennaroten Lockenkopf. Gregor fällt ein, was ihm ein Medizinstudent auf einer Semesteranfangsparty über Augenbrauen erzählt hat: »Wenn du wissen willst, welche Farbe das Mösenhaar hat, sieh dir die Augenbrauen an. Heute färben sie sich ja komplett durch. Schaumtönung, Henna, Poly-Diadem; auf die Kopfhaare kannst du dich nicht verlassen. Die Augenbrauen, die verraten alles. Stimmt immer, hundert Prozent Echtheitsgarantie.« Melanie steht auf und klopft mit der Faust gegen die Rauhfasertapete über dem Sofa. Auf der anderen Seite pöbelt Zappa ungestört an einem genialischen Gitarrenriff entlang, die Lautstärke bleibt konstant. Sie zuckt die Achseln. »Ich hab nur gesagt, Hi Burghardt, wie geht's, was macht deine Diss? Was man halt so redet. Und weißt du, was er getan hat?« Gregor schüttelt den Kopf und untersucht Mels Schlüsselbeine, die wie Elfenbeinstäbchen im weichen Fleisch liegen. Sie entwindet sich seinen Händen und dreht ihm das Gesicht zu. »Er hat zwei Schritte rückwärts gemacht, als hätte ich eine ansteckende Krankheit und dann die Hand gehoben, so«, sie hebt die Rechte, Gregor schnappt danach, sie zieht sie unwillig zurück. »Und dann hat er ›Kschksch!‹ gerufen wie zu einer Katze! Dabei ist er rückwärts in sein

Zimmer rein und hat abgeschlossen. Es ist echt bizarr mit ihm. Ich meine, er trägt jetzt seit vier Wochen diesen schwarzen Anzug. Vielleicht solltest du ihm mal die Nummer von der studentischen Telefonseelsorge geben. Außerdem stinkt es in der Küche. Bestimmt hat er wieder den Müll nicht runtergebracht.« Gregor spürt ihre Beine durch den Stoff der Cordhose und bekommt einen Ständer. Sie merkt es und rutscht hin und her. Seit sie ihr Studium ernster nimmt, ist sie geizig mit ihrer Gunst. Wenn sie fertig ist, will sie für die ›Zeit‹ und andere illustre Postillen Filmkritiken schreiben. Doch jetzt bewegt sie sich regelmäßig auf seinem Schoß vor und zurück: Kokoswolken, diskrete Mensadünste, die noch in der Haarmähne hängen, unter dem Pullover mit den gestickten Margeriten ihr frischer Schweiß, der riecht wie der grüne Saft, der nach dem Mähen aus dem Maul des Rasenmähers tropft. Gregor greift und tastet, was er kriegen kann: Weiche Bauchhaut, die spitzen Brüste, die genau in die Tassen seines Flohmarkt-Teeservices passen. »Melba«, flüstert er. Als sie sich kennenlernten, hatte Melanie sich mit Mel abgekürzt: »Zwei Spice Girls können nicht irren.« Gregor kann diese Girlie-Band nicht ertragen; wenige Stunden nach der Erklärung begann er, sie Melba zu nennen. Die Etymologie war bestechend: »Melba, wie Pfirsich Melba, das berühmteste Dessert Escoffiers. Benannt nach der australischen Sängerin Nelly Melba.« Und die lobenden Vergleiche ihrer verschiedenen Körperpartien mit zuckergedünstetem Pfirsich unter Himbeerpüree auf Vanillerahmeis schmeichelten Melanie natürlich enorm.

Er frißt sich durch ihre mit Polyesterspitzen besetzte Unterwäsche, schiebt hautduftende Spaghettiträger zur Seite, ertastet warme Oberflächen, lauscht ihrem dumpfen Herzschlag. Sie ist verstummt, streichelt sein Gesicht, entspannt sich. Als ihre Finger gerade in den Bund seiner

Cargohosen wandern, schwellen die Stimmen Zappas und der Mothers aus dem Nebenzimmer zu nicht mehr tolerierbarem Gebrüll an. Im Regal neben dem Sofa, auf dem sie sich ineinandergerollt haben, beginnen die blaugrünen Bände »Frost«, »Beton« und »Holzfällen« zu zittern. Melbas biegsamer Körper erhält den Tonus eines Eisenpfeilers, sie stemmt sich aus den Kissen hoch und verkündet in die endlich abnehmende Lautstärke hinein: »Ich hab keine Lust mehr. Hier ist es ja nicht auszuhalten. Komm, wir machen was zu essen. Gemüsepfanne, Fladenbrot und Schafskäse. Und dann: Zombie-Classics von 1972!« Mit einem energischen Stoß bringt sie das vegetarische Bauwerk auf der Schreibtischplatte zum Einsturz und fegt es in die Tüte zurück. Gregor bleibt noch einen Moment sitzen. Für Sekunden ist seine Wut auf Burghardt mörderisch. Dann erhebt auch er sich und folgt Melanie in die Küche.

Die widerlichen Filme waren natürlich schlecht gemacht, auf niedrigstem tricktechnischen Niveau, mit der trägen Kameraführung und den langsamen Schnittfolgen der frühen Siebziger. Auch die Handlung war haarsträubend. Gregor aber fühlte sich vom ersten Augenblick an gefesselt. So wie damals, als er im Sommer seines zehnten Lebensjahres im heißen Garten eines billigen jugoslawischen Hotels eine braune Zauneidechse am Schwanz erwischt hatte, wohl wissend, was dann geschehen würde. Der schwarzbraungrün gefleckte Schwanz, im Muster dem Lieblingskleid seiner Mutter nicht unähnlich, tanzte und zuckte noch eine halbe Stunde auf der sonnendurchwärmten Sandsteinmauer. Die Eidechse war längst in einer Lücke zwischen den Steinen verschwunden, und Gregor, das Daumennagelbett blutig gebissen, saß neben ihm und starrte und starrte. Sie sehen sich alle drei Bänder an: *Vengeance of the Zombies*, *Horror-Express* und *Messiah of Evil*: Zombies mit Folterinstrumenten in einem österreichischen Schloß, Zombies in der transsibirischen Eisenbahn, mit Kosakenfleisch zwischen den Zähnen, Vodoo-Zombie-Frauen, die Sex wollen, kalifornische Strand-Zombies vor großen Lagerfeuern, mexikanische Wüsten-Zombies, Kinder-Zombies.

Melanie sitzt im Schneidersitz vor der Glotze, den Rücken durchgestreckt, eine schwarz-rote Chinakladde auf dem Schoß und den Bleistift zwischen den Schneidezähnen, die Gregor an große Milchreiskörner erinnern. Häufig steht sie auf, um am Videorecorder herumzuschalten, eine Sequenz noch einmal zu sehen und anschließend eifrig zu kritzeln. Gregor wirft sich eine Handvoll Erdnüsse in den Mund und beobachtet, wie eine Horde amerikanischer Vorstadtzombies sich über die Fleischtheke eines Supermarktes hermacht und anschließend die Verkäuferinnen in Stücke reißt. »Der Regisseur Willard Huyck kritisiert hier eindeutig die Konsumbesessenheit seiner Landsleute. Außerdem war er Vegetarier«, verkündet Mel. Viel später, auf Gregors 1,20m-Matratze, ist sie wider Erwarten freundlich. Es wird Blümchensex, mit Missionarsstellung, Nasenküßchen und einem schweren Seufzer von Melanie am Schluß. Gregor vermutet, daß er diesen Akt in erster Linie der halbvoll geschriebenen Kladde zu verdanken hat. Sein Speichel schmeckt nach Erdnüssen. Er wälzt sich neben der Schlafenden auf den Bauch. Der Digitalwecker zeigt halbdrei. Burgi rumort nebenan. Die Musik ist verstummt, aber Gregor kann deutlich die Schritte und in kurzen Abständen auch die Stimme seines Mitbewohners hören, der stakkatoartig vor sich hinspricht. Gregor glaubt, den Namen Lombroso zu verstehen. Er weiß, daß Burgi im letzten Kapitel seiner Diss, einer Arbeit über Thomas Manns Quellen, nachweisen wollte, daß Mann die Bücher des italienischen Militärarztes und Begründers der Kriminalanthropologie gelesen hat. »Franz

Josef Gall und seine Thesen zur Phrenologie kannte er mit Sicherheit ebenfalls. Schau dir die Typen doch an, Bendix Grünlich zum Beispiel, oder Christian Buddenbrook. Der Betrüger und Bankrotteur hat eine Warze, der irrenhausreife Tunichtgut eingefallene Wangen. Das sind physiognomische Merkmale, die Lombroso als Kennzeichen des *delinquente nato* erwähnt. Professor Vogeley war nicht ganz überzeugt, aber ich finde es schon erwähnenswert, ein kleines Lesefrüchtchen vor dem großen Finale.« Das große Finale war das Schlußkapitel seiner Doktorarbeit. Burgi konnte witzig sein. Wenn man ihn auf seine Arbeit ansprach, verlor er seine holsteinische Schweigsamkeit. Über dem Schreibtisch hatte er an einer Korkpinnwand eine Reihe von Schwarzweiß-Fotos aufgespießt, finster starrende Männer mit Schnurrbärten und steifen weißen Hemdkragen. Sie waren sowohl frontal als auch im Profil aufgenommen. »Eine Sammlung italienischer Verbrechertypen aus Lombrosos *Archivo di Psichiatria, antropologia criminale e scienze penali*. Inspirieren mich ungemein.« Daneben hing, arrogant über seine randlose Brille schauend, Thomas Mann im Kreise seiner Lieben.

Gregor kannte Burghardt von der Uni. Im zweiten Semester hatten sie gemeinsam ein Referat über Wilhelm von Humboldts Sprachphilosophie gehalten. Burgi, in Rendsburg, Schleswig-Holstein, geboren, war ein stiller Typ mit schlechter Haltung, Hornbrille und zurückgekämmtem, dunkelblondem Haar, der es aber in kürzester Zeit schaffte, Humboldts wirre Ausführungen präzise und wohlformuliert zusammenzufassen, und dabei eine solche Begeisterung entwickelte, daß Gregor den Schein am Semesterende eigentlich nur fürs Zuhören und Kaffeekochen kassierte. Und als dann Gregors damalige Freundin die Wohnung in der Quickbornstraße verließ, weil sie »keine Lust mehr hatte, dauernd aufzuräumen, zu putzen und schlecht gefickt zu werden«, und Burgi sein Zimmer in der Osterstraße wegen einer Eigenbedarfskündigung räumen mußte, taten sie sich zu einer bis vor kurzem unkomplizierten, leicht angeschmuddelten Männer-WG zusammen. Mehr wurde es nicht, und das hatte bisher beide nicht gestört. Wenn abends keiner von ihnen aufregendere Pläne hatte, tranken sie in der Küche ein paar Flens und unterhielten sich über Stipendien, Professoren und anderen Unikram. Besprachen Alltägliches: »Findest du nicht auch, daß der Müll ziemlich stinkt?« »Das Bad, das geht jetzt wirklich nicht mehr.« Befreundet, mit der Konsequenz endloser Bundesligadebatten, Tequila-Würfelspielchen, Wochenenden auf dem Kiez und Poolbillard bis zum Umfallen war Gregor mit anderen Männern. Solchen, die gerne lang schliefen, sich außer um Uni und Mädels auch um ihre Koteletten und ihr Rasierwasser kümmerten, die neuesten Clubs von innen kannten und in ihrer Musikaliensammlung mindestens drei Alben von Blumfeld, Bowie und Velvet Underground hatten.

Burgi erfüllte diesen Kriterienkatalog eindeutig nicht. Er verschwand spätestens um neun Uhr in der Seminarbibliothek, und wenn er gegen 18 Uhr mit platzend voller Aktentasche – er besaß tatsächlich eine Aktentasche – nach Hause kam, erzählte er ein paar lustige Geschichten über Thommys Lesegewohnheiten, häufte einen Teller voll mit belegten Broten und ging in sein Zimmer, wo sich die schwarzen stw-Gebirge gegen die Decke reckten. Wenn er ausging, bevorzugte er Läden wie die »Ankerklause«, wo es Bratkartoffeln mit Speck, holzvertäfelte Wände und Tischfußball im Hinterzimmer gab. An den Wochenenden kam manchmal Ruth vorbei, Ruthi aus Kiel, Burghardts Freundin seit unüberschaubar vielen Jahren. Wahrscheinlich hatten sie ihre Jungfernschaft aneinander verloren. Sie war etwas älter als er, hatte ein paar graue Borsten in ihrem Kurzhaarschnitt und arbeitete als Apothekerin. Auf den AB beendete sie ihre Botschaften mit »Ende der Durchsage«. Mel fand Ruthi »total krass, spießiger als meine Eltern! Hast du gesehen, sie trägt Bundfaltenhosen!«

Das Gemurmel im Nebenzimmer verstummt schließlich, und Gregor steht auf, um pinkeln zu gehen. Während er barfuß durch den dunklen Flur schleicht und dabei argwöhnisch den Blick auf den schmalen Lichtstreifen unter Burghardts Zimmertür gerichtet hält, fällt ihm ein, daß sie vor knapp sechs Wochen noch zusammen auf der Jolle von Burgis Vater über den Westensee gesegelt waren. Burgi war das gewohnt. Fast jedes Sommerwochenende verbrachte er mit seinem Vater auf dem Boot. Gregor war mitgekommen, weil der Sonntag nichts geboten hatte außer Leerlauf und Hitzefreitemperaturen. Melanie war mit einer Freundin an der Ostsee.

Burghardts Vater hatte sie in Rendsburg vom Bahnhof abgeholt. Ein schweigsamer kleiner Mann mit wenigen blonden Haaren, dünnen Armen und Beinen und einem Bauch, der an dem sehnigen Körper wirkte wie eine geklaute Wassermelone, die er unter seinem hellblauen Freizeithemd versteckt hielt. In dem gepflegten alten BMW mit seinen abgeschabten Ledersitzen lief einer der Klassiksender, die Opern, Konzerte und Symphonien in leicht verdauliche Häppchen zerhacken. Der Vater rief regelmäßig in die ersten Takte hinein »Liszt!«, »Beethoven, die Siebente!« und »Schumann oder Brahms!« und wartete dann mit gerunzelter Stirn auf die Ansage. Hatte er recht, schätzungsweise bei drei von vier Malen, stieß er ein befriedigtes »Ha!« hervor und beschleunigte den Wagen.

Nach etwa zwanzig Minuten hielten sie an einem schilfrohrgerahmten See. Hier gab es kein schickes Fischrestaurant, kein Clubhaus und keine gebräunten Typen in weißen Strickpullovern mit V-Ausschnitt. Der Zugang zum Hafen – eine breite ungemähte Wiese – wurde durch ein Maschendrahttor verwehrt, das der Vater mit einem rostigen Schlüssel öffnete. Ein handgeschriebenes Schild verkündete: »Segelklub Westensee. Zutritt nur für Mitglieder.« Sie betraten einen hölzernen Steg, an dem ungefähr zwanzig Boote vertäut lagen, fast nur einfache Jollen.

Gregor erinnerte sich an das leise Klingeln der Fallen im Wind, an die Schwarzerlen und Faulbäume, die ihre dunklen Zweige ins Wasser hängten, an den Geruch von Algen und das Sonnenöl auf seinen Armen.

An einem Holztisch, der die Einkerbungen zahlloser Taschenmesser aufwies, saß ein Rentnerpärchen in Begleitung von zwei kleinen Jungs mit rotgestreiften Badehosen und feuchten Stoppelfrisuren. Sie schälten sich gerade aus ihren Schwimmwesten und verfolgten dabei aufmerksam jede Bewegung der alten Dame, die vermutlich ihre Großmutter war. Sie öffnete eine Tupperschüssel mit Nudelsalat und verteilte den Inhalt auf Pappteller, nahm Wiener Würstchen aus einer Papiertüte und piekte Strohhalme in Trinkpäckchen. Burghardts Vater grüßte, die vier winkten zurück. »Spät dran heute, Emil!« rief der alte Mann. »Aber ich sehe, du hast dir Verstärkung mitgebracht. Tag Burghardt, fällst du nicht durch dein Examen, wenn du jeden Sonntag mit Papa segeln gehst?« Burghardt schob lächelnd die Brille hoch, sein Vater antwortete für ihn: »In ein paar Monaten mußt du ihn siezen, da ist er Herr Doktor, der Lausekerl. Hat auch schon einen Job in Aussicht.«

Der Stolz des kleinen Mannes, der von seinem Sohn nur ›der Ingenieur‹ genannt wurde, war unübersehbar. Gregor fühlte, wie manchmal, wenn er tiefere Einblicke in Burghardts Leben gewann, eine seltsame Unsicherheit, die ihn sofort zwang, sich die schlecht sitzenden

Klamotten seines Mitbewohners, seine krumme Haltung, die »Ankerklause« mitsamt ihren Bratkartoffeln und zum Schluß auch noch Ruths Bundfaltenhosen ins Gedächtnis zu rufen. Es war komisch, sich vorzustellen, daß ausgerechnet Burgi bald in Lübeck im Mann-Haus seinen Schreibtisch aufschlagen würde, mit offiziellem Briefkopf und Visitenkarte – Dr. Burghardt Brunner, Wissenschaftlicher Mitarbeiter –, Niederegger Marzipan kauende Rentner und eifrig kritzelnde Studentinnen durch die Räume von Thommys Kindheit führen und ganz bestimmt – auf Burghardtsche, schweigsame Weise – einen Heidenspaß dabei haben würde.

An Deck vollzog sich eine Verwandlung mit dem Vater: er erwachte aus seiner Lethargie, kommandierte herum wie ein wilhelminischer Admiral und war erst zufrieden, als die ›Magda‹ (nach Burghardts Mutter) mit geblähtem Großsegel über das dunkelgrüne Wasser schoß und Burghardts Haar feucht an den Brillengläsern klebte. Dieser nahm die Brüllerei seines Vaters grinsend hin, setzte Segel, verknüpfte Taue mit den kompliziertesten Knoten und ließ sich zwischendurch über seine Arbeit ausfragen. Erstaunlicherweise wirkte Burghardt bei diesem Kreuzverhör entspannter als am Küchentisch in der Quickbornstraße. Seine Turnschuhfüße standen sicher auf dem weißlich ausgelaugten Deck der ›Magda‹. Er war erstaunlich fix bei der Ausführung sämtlicher Kommandos und reckte sich elastisch in Richtung Takelage.

Später wurde eine hellrote Kühltasche geöffnet: Räucherfisch, Kartoffelsalat und eine Reihe beschlagener Bierflaschen. Burghardt und sein Vater stießen an, eine umständliche Prozedur, bei der die Flaschenhälse mehrfach klirrend gekreuzt wurden. »Du stehst ja ziemlich auf Kriegsfuß mit dem erweiterten Infinitiv«, bemerkte der Vater, während er eine Makrele zerlegte. »In Lübeck darf dir das nicht passieren.« Burgi grinste in Gregors Richtung: »Der Ingenieur holzt gerade in meiner Diss herum. Er ist ein begnadeter Korrekturleser, hat sämtliche Kommaregeln drauf, wie ein alter Pauker.« Gregor hatte anerkennend genickt. »Aber diesen Lombroso-Quatsch, willst du den denn nicht rausnehmen? Dein Professor war doch auch dieser Meinung. Völlig wirres Zeug! Kann mir nicht vorstellen, daß ausgerechnet Thomas Mann ...« Burghardt ließ den Verschluß einer weiteren Bügelflasche hochschnalzen. »Es ist doch sehr überzeugend, was der Dottore da ausgearbeitet hat. Du bist der lebende Beweis.« Er beugte sich zu seinem Vater und zeichnete mit dem Zeigefinger seine Gesichtslinien nach. »Enorme vertikale Runzeln, starke Augenbrauenbögen, stark entwickelte Kiefer. Alles Anomalien, die den Kriminellen, in deinem Fall den Mörder, als degeneriertes Wesen offenbaren!« Der Ingenieur hob lachend die Hand, Burghardt wich aus und deutete auf Gregor. »Und auch mein Mitbewohner beweist, daß alles am Körper spricht. Besonders seine fliehende Stirn, das buschige Haar und die enormen Ohren – er muß wegen Diebstahl und Körperverletzung vorbestraft sein!« Gregor schnippte eine Gräte in Burgis Richtung, weitere Flaschen wurden aus der Tiefe der Kühltasche hervorgeholt.

Gregor zieht die Spülung, knipst das Badezimmerlicht aus und denkt an die orangefarbene Boje mit dem Algenbärtchen, an der sie die Jolle vertäut hatten, und daran, wie Burghardt und er nackt über Bord sprangen und grölend mit dem grünen Wasser herumspritzten, während der Ingenieur im Schatten des flappenden Großsegels zwei Zigaretten rauchte und die Asche sorgfältig auf einer Untertasse abstreifte. Bläßhühner schwammen ein paar Meter weiter vorbei und tunkten ihre schwarzweißen Köpfe unter. In Ufernähe dümpelten die beiden kleinen Burschen in ihren Optimisten herum, der Wind trug ihr Begeisterungsgekreisch herüber und die Bravorufe der Großeltern.

Nach diesem Sonntag war der Sommer schnell zu Ende gegangen. Gregor hatte nur einige Tage später zwei tropfende Waffeltüten vom Eiswagen aus der Bismarckstraße in die Wohnung zurückbalanciert, wo Melanie wartete, verknäult in ein schmutziges Bettlaken und sehr hungrig. Vor der Haustür war er mit seinem Mitbewohner zusammengestoßen. Burgi war unter seiner Segelbräune erblaßt, die Gesichtshaut hatte die Farbe von dünnem Instantkaffee. Er schleppte seine blaue Sporttasche, zwischen deren Reißverschlußzähnen der Ärmel eines dunklen Hemdes und eine schwarze Baumwollsocke heraushingen. »Was ist los, Burgi, bist du auf der Flucht?« hatte Gregor gefragt und dabei einen Tropfen Banane-Schokolade-Tiramisu vom Handrücken geleckt. Burghardt sah ihm nicht in die Augen. »Der Ingenieur. In Rendsburg. Herzinfarkt. Ging ganz schnell. Ich muß jetzt los.«

Neben der schnaufenden Melanie, die Schweiß und Kokos ausdünstet, schläft Gregor ein.

Am nächsten Morgen kotzt Melanie in die Küche, wo sie auf der Suche nach Früchtemüsli zwei von Maden bevölkerte Mülltüten hinter dem Vorratsregal entdeckt hat. Gregor wischt den Boden und versprüht Deo.

Dann stürzt er in Burghardts Zimmer. »*Yes I am the American dream and now I smell like vaseline*«, brüllt es ihn aus den Boxen an. Die Luft im Zimmer ist stickig. Durch die schief heruntergelassenen Jalousien fallen ein paar Sonnenbahnen auf den fleckigen Teppich. Stäubchen tanzen darin, kratzen im Hals. Burghardt sitzt mit dem Rücken zur Tür in einem abgeschabten Schaukelstuhl und bewegt sich monoton vor und zurück, völlig neben dem Takt der Musik. Vor dem Bett stapeln sich fettige Kartons vom chinesischen Imbiß aus der Gärtnerstraße und eine Flaschensammlung, hauptsächlich Astra, alles mit Fingertapsern. Zappa sieht aus halbgeschlossenen Kohlenaugen auf Gregor herunter. Er ist von einem teuren Stahlrahmen umgeben und noch ohne die Stigmata des Colon-Karzinoms: Stirnfransen, Bart und Augenbrauen, dazu die schwarze Katze auf der Schulter und ein Stück Brustpelz im Hemdausschnitt. Sein spöttischer Blick kreuzt sich mit dem dumpfen Glotzen der Delinquenten an der Pinnwand. »Räum deinen Scheiß endlich weg, es ist widerlich!« brüllt Gregor und schleudert die beiden wimmelnden Mülltüten mitten ins Zimmer. Eine kippt zur Seite und hinterläßt einen dunklen Fleck auf dem Teppich. Der Gestank breitet sich rasch aus. Burghardt dreht sich langsam um und winkt mit der Hand: »Kschksch.« Ein paar Minuten später verläßt er türenknallend die Wohnung.

Gegen Mittag klingelt es. Im Treppenhaus steht Burghardts Mutter, eine blasse Frau, die mit ihrem schwarzen Twinset und den Schuhen mit Blockabsatz wie die Nebenfigur aus einem Böll-Roman wirkt. Sie taucht alle zehn Tage in der Quickbornstraße auf, feudelt schweigend Küche und Bad, füllt den Kühlschrank mit Tupperdosen und sammelt die Wäsche ihres Sohnes in einem karierten Bettbezug.

Burghardt ist nie da, wenn sie kommt, obwohl sie immer vorher anruft, zögernd und durchsetzt mit vielen »Nä«, »also« und »nich« den AB bespricht und in letzter Zeit sogar Postkarten schreibt, »weil ja eure Maschine wohl nicht funktioniert«. Eine davon hat Gregor vorgestern im Müll gefunden: Espressosatz und Käserinde auf dem blauen Wasser des Nord-Ostsee-Kanals, über dem die schlanke Stahlkonstruktion der Eisenbahnbrücke schwebte.

Jetzt sitzt sie am Küchentisch, die Unterarme auf die splissige Kiefernholzplatte mit den Brandringen gestützt.

Das Fenster ist aufgerissen, über die Dächer, die gemauerten Schornsteine und das Antennengestrüpp kommt ein Schwall kalter Luft herein und weht die altmodischen Putzdünste – Meister Propper, Ajax, Vim – hinaus. Der fettige Geschirrberg im Spülbecken, das Nudelnest im Ausguß und die Dreckkrusten auf dem Gasherd sind verschwunden. Das von staubigen Lebensmittelpackungen und Konservendosen überquellende Vorratsregal ähnelt der Auslage eines Kinderkaufladens: alles ist sauber und nach Farben und Größen sortiert. An der Backofenklappe hängt ein gebügeltes Geschirrtuch, hellblaue Gänse auf weißem Grund.

Gregor schaltet den Wasserkocher an und hängt ein paar Beutel Ostfriesenmischung in die Kanne. Die Mutter reagiert nicht, als er ihr den dampfenden Becher hinschiebt, zuckt nur beim Schließen des Fensters kurz zusammen. Ihre braunen Augen glänzen. Dann umfaßt sie den Pott mit der heißen Flüssigkeit, nimmt einen Schluck und stellt ihn vorsichtig wieder ab. Zwei goldene Eheringe sitzen wuchtig auf der runzlig gespülten Rechten, der untere, eindeutig zu weit, wird vom oberen festgehalten. »Jetzt ist es schon das dritte Mal, daß er nicht da ist, wenn ich komme. In seinem Zimmer will ich nicht räumen, dann wird er nur noch böser auf mich. Nur das Bett hab ich frisch bezogen, und gesaugt, natürlich. Die Pflanzen auf dem Fensterbrett sind auch hin. Ich trau mich nicht, sie wegzuwerfen. Und dann Papas Schaukelstuhl. Hat er wohl mitgenommen. Ich hab es gar nicht gemerkt, bin selbst so durcheinander.« Gregor rührt um, Kandisbrocken klingeln gegen die Tassenwand. Die Mutter öffnet ein Plastik-Milchdöschen mit dem Fingernagel, schüttet das Zeug in ihren Becher. »Er will mir nicht sagen, was er hat. Seit der Beerdigung hab ich ihn nicht mehr gesehen, und da hat er nicht ein Wort gesagt. Das kenne ich gar nicht von ihm, er war immer ein so lieber Junge.«

Sie schlägt die Hände vors Gesicht. Ein wildes, lautes Geräusch kommt aus ihrem Mund, zwischen den Fingern laufen Tränen heraus und fallen auf die Tischplatte. Ihr Oberkörper bewegt sich vor und zurück, als würde er geschüttelt. Sie weint wie die Medea im Schauspielhaus am Hauptbahnhof, wie eine Oscarpreisträgerin auf der Kinoleinwand, nicht wie die blasse Mutti eines blassen Mitbewohners. »Sein Professor, der Herr Vogeley, ruft dauernd bei mir an, er würde Burghardt nicht erreichen, er würde nie zurückrufen, und er soll doch die Arbeit abgeben, die Stelle muß besetzt werden. In Lübeck warten sie auf ihn, sonst nehmen sie jemand anderes und es täte ihm so leid.«

Auf Gregors Zureden hin trinkt sie kaltgewordenen Tee und benutzt ein Päckchen Papiertaschentücher. »Kann Ruth nichts tun?« fragt Gregor in ihr Schneuzen hinein. Statt einer Antwort folgt ein neuer Ausbruch. »Ruthi hat gesagt, er hätte zwei Tage nach Papas Tod bei ihr angerufen und gesagt, sie sollten sich nicht mehr sehen, es sei besser so. Sie ist dann bei ihm gewesen, hat zwei Stunden vor der Tür gewartet und geredet. Er hat nicht aufgemacht. Ruth versteht es nicht, aber sie ist auch stur. Er soll es ihr erklären, hat sie gesagt. Und sie geht jetzt erst einmal ein paar Wochen in die Staaten. Irgendein internationaler Apothekeraustausch.« Die Mutter putzt sich laut die Nase. Gregor ist froh, daß sie danach sofort weiterredet. »Gestern abend habe ich mit verstellter Stimme angerufen, damit er nicht gleich wieder auflegt. Ich wollte nur seine Stimme hören, wie er ein paar Sätze sagt, damit ich weiß, was mit ihm los ist.« Ihre Tränen sehen trübe und seifig aus, sie laufen unentwegt über das Gesicht und verschwinden unter dem Kinn. »Ich habe mit ausländischem Akzent gesprochen und gefragt, ob das der Anschluß von Burghardt Brunner ist. Das R so gerollt und ganz tief.« Sie kichert plötzlich und stopft die Faust in den feuchten Mund. Es klingt wie auf einem von Melanies Videos. »Und weißt du, was er gesagt hat? Brunner ist tot, hat er gesagt.« Gregor stapelt die Tassen in der Spüle und läßt Wasser darüberlaufen.

Irgendwann schlüpft die Mutter dann in ihren Mantel, drückt den prallen Wäschesack an ihre Brust und verschwindet im kalten Treppenhaus.

Allein in seinem Zimmer schichtet Gregor die blaugrünen Bernhard-Bände vor sich auf der Schreibtischplatte auf und schaltet den PC ein. Nächste Woche ist das Kolloquium bei seinem Doktorvater, der dabei zwar, seine österreiches Herkunft zum Klischee stilisierend, große Braune mit Schlagobers und Buchteln serviert, aber keinen Hehl daraus macht, daß er Gregors Gedankengänge mehr als dürftig findet. »Ich glaube, Sie bedürfen der Führung«, hatte er nach dem Vortrag der letzten Ergebnisse gesagt. Gregor blättert eine halbe Stunde im »Untergeher«, notiert ein paar Ideen, die ihn beim zweiten Durchlesen wegen ihrer Banalität erschrecken und geht dann in die Küche, um sich ein Brot zu schmieren. Auf dem Küchentisch liegt Melanies Seminarordner. Er klappt ihn auf. Unmengen dicht beschriebener Karteikarten fallen heraus: Der Zombie als Symbol des Unbewußten. Mexiko: Sozialstrukturen eines Schwellenlandes. Die Frau im film noir. Horrorfilm und Katharsis. Er fühlt sich ähnlich schal und kraftlos wie beim Hören von Burghardts Thomas-Mann-Schnurren. Wie viele Stunden muß sie in der Bibliothek der Medienwissenschaftler verbracht haben, mit einem Tintenfleck am Zeigefinger und konzentriert gerunzelten Augenbrauen. Ein kleiner Teil der Notizen ist in der runden weichschlaufigen Schulmädchenschrift gehalten, mit der Melanie wahrscheinlich schon im Münsterland ihre Aufsatzhefte gefüllt hat. Unauffällige blaue Tinte, fließende Regelmäßigkeit. Doch auf den meisten Zetteln leuchtet es grasgrün, sie hat sich wohl Filzstifte mit breiter Spitze gekauft, und ihre Unterlängen zacken das Papier entlang, die runden i-Punkte fliegen wild über den Wörtern. Es wird viel unterstrichen. Gregor blättert weiter, sein Käse-Ketchup-Brot sorgfältig in der Waagrechte haltend. Auf dem hinteren Ordnerdeckel pappen die Post-its, knallgelb, pink, hellblau. Melanie pflastert ihre Wege mit diesem Produkt. »Ich kann mir sonst den Alltagskram nicht merken, mein Hirn ist besetzt!« Er überfliegt den Inhalt der bunten Quadrate. 13 Uhr Sprechstunde Prof. Bürger. Morgen Video zurückbringen! Medienzentrum: Bücher verlängern. Edeka: Milch, Kaba, Toast, Binden. Freitag: Thilo, Sprechstunde, Hausarbeit und Bibliographie. 18 Uhr: Thilo, Cafeteria. 15 Uhr: Thilo Stadtpark, Café Uferterrassen. Gregor bedeckt die Post-its sorgfältig mit dem Karteikartenstapel, klappt den Ordner zu und geht in sein Zimmer zurück.

Gregor und Melanie sehen sich jeden Abend. Sie treffen sich bei Gregor, denn in ihrem Zimmer im Wohnheim am Berliner Tor gibt es keinen Videorekorder. »Übermorgen gebe ich die Arbeit ab«, sagt sie und schiebt ein neues Band ein. *Dead of Night* von Bob Clark. Quadrant Films, Kanada, 1972. Gekocht wird heute nicht, und Gregor weiß auch nicht, wann sie das letzte Mal etwas anderes zusammen gegessen haben als belegte Brote und dänischen Joghurt mit dem Kleeblatt auf der Packung. Mel starrt auf den Bildschirm. Zwischendurch schreibt sie in die Kladde. »Das Schnittprotokoll ist noch nicht fertig.« Gregor holt eine Flasche Wein aus der Küche. Melanie studiert das Etikett und stutzt. Es ist ein Chateau Revelette, 1995, Coteaux d'Aix en Provence. »Was hast du denn da gekauft?« Gregor zieht den Korken und füllt die Gläser. »Er ist von Carla. Sie hat mir heute einen festen Vertrag angeboten, als Makler. Nachdem ich die

210 Quadratmeter in der Isestraße und das Appartement am Innopark an einem Tag losgeworden bin, meinte sie, etwas Besseres als ich könnte ihr nicht passieren.« Melanie verzieht das Gesicht. »Und Thomas Bernhard? Wann willst du denn deine Diss fertigmachen, wenn du jetzt vollzeit bei Windhundgesicht knechtest?« Gregor zuckt die Achseln. »Bernhard gibt mir keinen Firmenwagen. Und auch nicht zweifünf netto plus Spesen.« Gregor kennt die Variationen ihres Mienenspiels. Freude, Lust. Langeweile. Aber was er jetzt aus dem glatten und, wie er findet, sehr gelungenen Arrangement von Augen, Nase, Mund und weicher Haut herauslesen kann, ist Verachtung. »Dann kann man sich mit dir bald nur noch über den Mietspiegel unterhalten.« Den Wein trinkt sie trotzdem, und das macht Gregor sicher, daß sie auch heute nacht mit ihm schlafen wird. Die Vögelei am Ende jeder Videosession ist ihm gewiß, und er weiß immer genau, wie es ablaufen wird.

Gregor war davon überzeugt, daß jedes Paar früher oder später auf Spielchen, Riten und Rollen zurückgreifen muß. Weil irgendwann die Geilheit der ersten Wochen verflogen ist und das Hirn seine abtörnende Blumenkohlmasse zwischen die überhitzten Geschlechtsorgane schiebt. Melba und er hatten zunächst ein paar harmlose Sketche parat gehabt, die vor allem ihren Altersunterschied und die gegensätzlichen Positionen auf der akademischen Leiter thematisierten. Anders als Elvis, der King, Gott hab ihn selig, der seine blutjunge Priscilla in Schuluniform in den Jungle Room bat, begnügte sich Gregor mit der Anrede: »Mein liebes Kind«, während er Melbas Stretchmini hochschob, und sie nannte ihn fortwährend »Herr Doktor«, »Herr Professor« und »Sie grandioses Ferkel«. Harmloser Kram, etwas, das er sogar nach ein paar Bier seinen Freunden erzählt hätte, ohne sich besonders abartig zu fühlen.

Doch nachdem Melanie die ersten Videos in die Quickbornstraße gebracht hatte, verlagerte sich der Schwerpunkt. Es war Gregor gewesen, der zuerst zubiß und ihr empörtes Kreischen mit einem gurgelnden Laut, direkt aus dem eben durchanalysierten *Garden of the Dead* von John Hayes, Clover Productions, USA 1972, beantwortete. Sie war voll darauf abgefahren, mit scharfen Fingernägeln, Schweißperlchen auf dem schmalen Nasenrücken, hysterisch tremolierenden Geräuschen. Und bei jedem Stoß sah er den peitschenden Schwanz der Eidechse auf der sonnenheißen Sandsteinmauer auf und ab tanzen.

Auch heute abend ist es nicht anders. Melanie sitzt auf dem Teppich, die dünnen Handgelenke locker im Schoß. Gregor sieht den schmalen Streifen Haut oberhalb des Hosenbundes, wo der Pullover hochgerutscht ist, die gekreuzten Fußknöchel, am linken Rist den Leberfleck wie eine Schokorosine. Mit einem Auge verfolgt er die Handlung auf dem Bildschirm, beobachtet, wie Andy, der Vietnamveteranen-Zombie, dämlich kichernd einen Happen Fleisch aus dem Brustkorb seines kreischenden Opfers zerrt. Gregor kippt Melanie mit seinem ganzen Gewicht aus dem Schneidersitz auf den Boden, das Weinglas in ihrer Hand und die Glitzerhaarspange zwischen den leuchtenden Strähnen über der Schläfe. Er beißt sie überall, wo er hinkommt und so fest er sich traut. Dann zerrt er an Mels hellblauer Strickjacke, ein Holzknöpfchen springt ab, das wird sie ärgern. Er wundert sich kurz darüber, wie deutlich er selbst jetzt weiß, daß genau das sein Wunsch ist: Melanie Ärger zu machen, vielleicht sogar Tränen laufen zu sehen.

Er beißt in ihren festen jungen Oberarm. Bodyshop Vanille und eine dünne Schicht Schweiß verschmieren auf seinen Lippen, sie schreit und windet sich. Das rote Lämpchen des Videorekorders blinkt, die grüne Anzeige steht auf Play. Andy, der Zombie, schultert eine Schaufel und geht zum städtischen Friedhof, um sich selbst zu begraben. Gregor starrt auf den Zahnabdruck, bläulichrot im hellen Fleisch – das macht Zombies glücklich. Süß und saftig, eine Mark und achtzig, eine Mark und zehn und du kannst gehn. Gehn kannst du noch lange nicht, sag mir erst, wie alt du bist! 33 Jahre alt, und unter Gregors sommersprossigem, im Winter leicht verpickelten Fleisch in der bläßlichen Hauthülle liegen die Knochen, graugelb und hart. Sie können Jahrhunderte überdauern, unter einem Hügelgrab oder in Hockstellung im Moor, mit ein bißchen Glück bleiben sogar ein paar rote Haarsträhnen auf dem hohlen Schädel. Gregor zappt sich durch seine wenigen, im Wattekokon historischen Interesses abgepolsterten Begegnungen mit dem Tod: die eng bandagierte Mumie im sonnenhellen Bibliothekssaal des St. Gallener Klosters, die Moorleichen auf Schloß Gottorf, eher Schuhleder als Epidermis. Andere menschliche Überreste hatte er nicht gesehen. Den blassen, von Metastasen durchwanderten Körper seiner Großmutter glaubten seine Eltern ihm ersparen zu müssen. Der zehnjährige Gregor war kurz vor der Beerdigung von einer Freundin der Mutter zu Kino und Eisessen abgeholt worden.

Mel wirft den Kopf hin und her. Speichelbläschen bilden sich in ihren Mundwinkeln. Gregor hat die Gewißheit, daß auch dies einmal eklig sein wird. Irgendwann wird man auch über Melanie-Melba sagen: »Die Alte sabbert, pfui deibel!« Jetzt ist es süßer Saft, den er wegküssen darf. Mit der Gewißheit, daß er, wenn man sich vor Melanie einmal ekelt, längst verschwunden sein wird, vom Erdboden verschluckt und langsam, ganz langsam, verdaut, stößt er zu. Die Bewegungen beim Akt sehen brutal und lächerlich aus. Gregor fühlt Melanies weiche Innenräume und sein eigenes quicklebendiges

Selbst, das diesen Körper bewohnt. Ficklebendig, denkt er. Statt zu sterben, lieber ein Zombie sein, nicht ganz helle und ein wenig über das Verfallsdatum, aber dafür beweglich, hungrig und fit im Schritt.

Etwas später steht Melanie auf, sammelt ein paar Kleidungsstücke auf, reibt sich den Arm. »Ich geh mal duschen.« Gregor nickt und sucht neben der Matratze nach der Zeitung von gestern. Dann steht Melanie vor ihm. Sie kreischt hoch und hell, Wasser rinnt von ihrem Körper, aus dem nassen Schopf auf Gregors Bettdecke. Es riecht nach Duschgel. Die blaulackierten Fußnägel stehen ihr nicht, es sieht zombiemäßig aus, denkt Gregor. »Burghardt, er ist einfach reingekommen!«

Im Bad steht Burghardt am Waschbecken und starrt in den Spiegel. Sein Gesicht ist sehr blaß. Der schwarze Anzug zeigt im Licht der Neonröhre die verschiedensten Flecken. Burghardt riecht wie eine Dose Katzenfutter. In der rechten Hand hält er das Käsebeil, das ihm zur Vervollständigung seines Junggesellen-Haushalts geschenkt wurde. Gregor hat schon einen halben Satz herausgeraunzt: »Was fällt dir eigentlich ein, du bist wohl komplett übergeschnappt ...« Erst jetzt fragt er sich, was jemand im Badezimmer mit einem Käsebeil tut. Auf der Schneide klebt Blut. Auf den mit Staub und Haaren übersäten Bodenkacheln kleben Blutstropfen wie verstreute nachgedunkelte Kupfermünzen. Und von Burghardts linker Schläfe fließt eine breite Bahn und verschwindet dunkelrot und glitschig unter seinem Hemdkragen. »Wie bei Adolph«, sagt Burghard sehr deutlich, fast übertrieben artikuliert, zu seinem Spiegelbild. Gregor fragt nach wie ein Automat: »Welcher Adolph?«

Zum ersten Mal seit Wochen sieht Burgi ihm voll ins Gesicht, fixiert ihn, ohne die Augen wegzudrehen. Seine Finger kriechen durch das fettige Haar auf die Kopfwunde zu. »Adolph Morel, geboren 1809. Ein professioneller Mörder. Er wurde 1873 in Bonn hingerichtet. An der rechten Seite seines Schädels war eine hervorragende Stelle bemerkbar. Genau wie hier, hier, siehst du es nicht?« Gregor sucht die Augen seines Mitbewohners. Die Lidränder wirken entzündet, der Blick abwesend und müde. Es sind blaue Augen. Er versucht sich zu erinnern, ob der Vater seines Mitbewohners, der tote Ingenieur, auch blaue Augen hatte. »Was für eine Stelle, Burgi?« fragt Gregor. Burghardt läßt sich auf den Klodeckel fallen. Seine Finger fahren langsam die Schneide des Käsebeils entlang, immer hinauf und hinunter. »Franz Josef Gall, geboren 1758 in Tiefenbronn im Enzkreis. Er war Arzt und Anatom. Begründer der Phrenologie, der Schädellehre. Gall vertrat die These, daß es für die verschiedenen Denkfunktionen im Gehirn lokalisierte Organe gäbe. Insgesamt unterschied er 27 verschiedene Organe, darunter auch solche, die auf kriminelle Neigungen hindeuten. Mord- und Würgesinn, Raufsinn, Sammel- oder Diebstahlstrieb.« Burghardt stützt das Kinn in die Hand und doziert aus dieser fleischigen Schale heraus wie einst im Seminar. »Gall argumentierte, die unter der Hirnrinde liegenden Organe würden durch ihre Hervorwölbungen Ausbauchungen in der äußeren Kontur des Schädels hervorrufen. Lombrosos Kriminalanthropologie argumentiert ganz ähnlich.« »Ausbauchungen«, wiederholt Gregor. Burghardt nickt. »Hier siehst du das Mordorgan.« Er tippt auf die blutende Stelle. Gregor dreht schnell den Kopf weg. »Es ist mir nie aufgefallen. Dabei war es schon immer da. Ich habe alles getan, um die mir nahestehenden Personen zu schützen. Selbstisolation. Kontaktsperre. Lombroso empfiehlt das Militär als einzig mögliche therapeutische Maßnahme für derartige Delinquenten, denn es gestattet kontrolliertes Töten.« Gregors Mitbewohner rückt sich die Hornbrille auf dem schmalen Nasenrücken zurecht.

»Ich bin aber Kriegsdienstverweigerer. Also habe ich mich zu einem anderen Weg entschlossen.«

Gregor rutscht auf dem Badewannenrand langsam näher. »Klingt alles sehr interessant, Burgi. Der alte Lombroso, der hatte voll den Durchblick. Wurde der eigentlich außer von Thommy noch anderweitig rezipiert?« Burgi erzählt von verschiedenen Autoren des Naturalismus und Frühexpressionismus, die sich anscheinend alle aus dem *Delinquente nato* bedient haben: »Das war für einen Exkurs vorgesehen.« Gregor nimmt ihm behutsam das Käsebeil aus der Hand.

Nachdem der Notarzt da war, fünf Männer mit leuchtend roten Jacken über der weißen Medizinerkluft, geht Gregor in die Küche und läßt sich das Wasser direkt aus dem Hahn in den Mund laufen. Es schmeckt lauwarm und rostig. Die häßliche Uhr über der Spüle zeigt vier Uhr morgens. Die Ärzte hatten ruhig und konzentriert ihre Arbeit getan. Einer packte Burghardts Sachen. Gregor war schleierhaft, wie er wissen konnte, wo Socken, Hemden, Morgenrock zu finden waren, aber der Typ verstaute alles exakt gefaltet in Burghardts blauer Tasche, die Schuhe unten. Halb aus der Tür rief Burgi noch »Tschüß Gregor«, als ob er zur Uni gehen wollte oder in eine Kneipe. Was sie ihm wohl gegeben hatten? Die dünne Nadel war durch die blasse Armhaut ins Innere der Vene gerutscht und hatte Burghardts Blutkanal mit kristallklarer Flüssigkeit gefüllt. Gregor nuckelt noch ein bißchen an der kalten Zitze des Wasserhahns, schüttet sich ein paar Handvoll Wasser ins Gesicht. »Willst du auch was trinken?« ruft er dann in den Flur hinaus und angelt ein kalkfleckiges Glas aus dem Regal. Melanie kommt. Sie ist vollständig angezogen, hat sich dem Minzgeruch nach zu urteilen sogar die Zähne geputzt und tritt von einem Bein aufs andere. »Ich gehe jetzt. Zu Thilo. Ich muß ihm das Video zurückbringen.«

»Um diese Uhrzeit?« fragt Gregor. Sie zieht ihre hellblaue Strickjacke enger um sich. Am rechten Ärmelaufschlag ist ein kleiner eingetrockneter Fleck, sieht wie Ketchup aus. Gregor fragt sich, was sie in den Filmen für Zeug verwenden. Man braucht ja Massen davon. Ströme. Vor zwei Stunden hätte er Melanie noch danach gefragt. Sicher hätte sich ein Vortrag über Horror-Requisiten angeschlossen und ihre hellen Brauenbögen wären begeistert in die Höhe geschnellt. Jetzt ist sie still, dreht an den Fäden, die den kleinen affigen Holzknopf gehalten haben, und antwortet leise: »Ich denke, die Uhrzeit spielt keine Rolle.« Dabei sieht sie Gregor nicht an. Dann steht sie auf, geht aus der Küche in sein Zimmer. Der Recorder gibt die Kassette mit einem Knirschen von sich. Sie kommt zurück, fummelt das Video ungeschickt in seine Hülle und packt es in ihren Elefantenbeutel. Ein hellblaues Paillettenauge starrt Gregor ins Gesicht, der rosa Rüssel ist aufgerichtet. Messingglöckchen klingeln daran. Er sieht ihr zu: wie sie ihre Felljacke vom Garderobenhaken nimmt und die Hände in den Zottelärmeln versenkt. Wie die weißen Zotteln über ihre Hände hängen, als kämen sie aus den Mäulern von zwei Tieren. Ihre Hände mit den silbernen Ringen, dem Amethyst für einen klaren Kopf, dem Mondstein gegen Frauenleiden und all dem Quatsch. Ihr Haar, zum ersten Mal wirkt es künstlich im Schein der Flurglühbirne, es flockt über den Kragen, rot, eigentlich sollte es knistern. Ihre Beine, schmal in dunkelbraunen Cordhosen. Ihr Gesicht. Der Mund, die Lippen ein wenig rissig, vielleicht von den Zombieküssen oder der trockenen Heizungsluft. Sie steht an der Wohnungstür, eine Hand auf der Klinke. »Ich gehe jetzt.« Dabei schaut sie an Gregor vorbei, vielleicht auf die Brandringe auf der Tischplatte. Auf den Gasherd. Oder auf den Farn am Fenster, er muß dringend gegossen werden. Gregor beschließt, das gleich zu erledigen. Er steht auf. Melanie drückt die Klinke herunter. »Leb wohl«, sagt sie und tritt auf die Schwelle. Gregor nimmt die Teekanne aus dem Spülbecken, kippt eine Traube verschimmelter Ostfriesenbeutel in den Müll und schwenkt das Gefäß mit heißem Wasser aus. Dann füllt er kaltes nach und gießt vorsichtig den Farn, der Topfuntersetzer läuft leicht über. Gregor gibt der Pflanze kleine Schlucke in großen Abständen, bis die Kanne leer ist. »Leb wohl«, sagt er, ein komisches Wort, es fühlt sich schwer und altmodisch in seinem Mund an, er kann sich nicht erinnern, es je benutzt zu haben. Dann dreht er sich um. Die Tür ist zu.

Zahn-Harry, Mykose-Muriel und Parkinson-Paula kommen aus der Feinkostgalerie zurück. Langsam überqueren sie den grasbewachsenen Hinterhof und steuern auf die gammeligen Biergartenstühle zu, die wir seit Anfang Mai hier aufgestellt haben. Muriel schiebt Paula vor sich her, die mit der rechten Hand die Armlehne ihres Rollstuhls umklammert und bei jeder Bodenwelle wie ein Wackeldackel im Autoheck hin- und hergeschüttelt wird. Ihr linker Arm krampft sich um eine pralle Tüte. Edelkonserven beulen die Plastikhaut, Flaschen klirren: Sie haben also Erfolg gehabt. Paulas starres Salbengesicht, typisches Kennzeichen ihrer Krankheit, nickt wie eine fettbeschmierte Steinmaske im Takt des Tremors über dem Kragen der ausgefransten Ethno-Strickjacke. Muriel keucht, ihre dürre Figur steckt in Jeans und olivgrünem Tank-Top, auf dem weißen Stoppelhaar sitzt eine vergilbte Kangol mit dem Schirm nach hinten. Von weitem ist sie immer noch die ravende Miss Love-Parade in the Summer of 99. Erst wenn sie näher kommt, sieht man die Spuren des Jahres 2050: Krampfadernnester, die sich um die nackten Knöchel winden, altersfleckige Hände mit arthroseverdickten Gelenken. Man riecht das Parfum d'Incontinence, das wir alle tragen. Jeder tropft ein bißchen, beim Lachen, Husten oder Laufen. Die saugfähige Attends ultra-Windel kann sich keiner leisten, und Waschen tut weh, weil man sich mit Schwindel in der Birne und fressendem Abnutzungsschmerz in den Gelenken nur ungern zu den müffelnden Körperpartien herunterkrümmt.

Zahn-Harry ist den Damen um etwa fünf Meter voraus, der schwere Rucksack zerrt seine osteoporotischen Schultern fast auf Kniehöhe runter. Große Schweißflekken imprägnieren das ausgeleierte Baumwollshirt, auf dem das ekstatische Gesicht des längst verstorbenen Popmonsters Robbie Williams grinst. »Prosciutto, Pomodori secchi, Ciabatta!« dröhnt er mir entgegen, grinst dabei und macht seinem Namen alle Ehre. Zahn-Harry hat mit knapp 81 Jahren noch ein vollständiges eigenes Gebiß und ist so ziemlich der einzige Bewohner der Kommune Kalk, unserer Sechser-WG, der nicht nach einem körperlichen Makel benannt wurde. Darauf ist er verdammt stolz und kann einen ziemlich auf die Nerven gehen. »Zahnseide, mein Lieber, jeden Abend, egal, wieviel du gesoffen hast. Und nach jeder Mahlzeit putzen, nicht nur morgens, damit man die Süße nicht anstinkt. Auch nach dem Schokoriegel aus der Schreibtischschublade. Immer geputzt. Egal wo ich war. Und ich war viel unterwegs. New York, Hongkong, Rio, Peking. Immer mit Reisezahnbürste.«

Wie gesagt, Harry kann nerven. Als ob er – Außendienstmitarbeiter für eine Mobilfunkfirma, nicht mal mit Hochschulabschluß – die staatliche Zwangsextraktion ab dem 75. Lebensjahr vorausgeahnt hätte! Pferdig gelbe Einheitsprothesen aus chinesischem Hartplastik für alle, deren Zahnbestand zu mehr als 30 Prozent beschädigt ist. »Wer vorgesorgt hat, den betrifft das in keiner Weise«, hatte die Gesundheitsministerin damals – 2040 muß es gewesen sein – perlweiß lächelnd verkündet und sehr überzeugend vorgerechnet, wie belebend sich der Wegfall von teuren Kariesbehandlungen, Kronen und Implantaten bei zwei Dritteln der Bevölkerung auf das marode Gesundheitssystem auswirken würde. Die Neuregelung galt für alle, deren Monatsrente unter 600 Euro lag. Außer Harry kenne ich keinen, der da nicht das Maul aufsperren mußte. Mich eingeschlossen.

Ich bin in der Kommune Kalk übrigens als Beutel-Benni bekannt; das Ding hängt an meinem rechten

Oberschenkel, faßt ungefähr 400 Milliliter und läßt mich stärker duften als den Rest der Mannschaft. Wucherung der Prostata, typisches Altmännerproblem. Der Katheter führt durch die Harnröhre in den Beinbeutel. Muß man mit leben.

»Es war tatsächlich nur ein Typ im Laden. Hat grade eine Kiste Amarettini ausgepackt. Paula ist ihm mit meiner Unterstützung voll in die Kniekehlen gerasselt, das hat ihn umgehauen. Harry hat inzwischen eingepackt. Und als er dann 112 wählte, waren wir schon durch die Tür. ›Hilfe, eine Seniorenbande!‹ hat er gejammert. Und wir, ab durch die Hinterhöfe. Haben auch nix gehört, keine Sirene oder so.«

Immer noch keuchend, wirft sich Mykose-Muriel in den löchrigen Segeltuchliegestuhl und läßt die Junisonne auf den zerklüfteten Teint scheinen. Im linken Nasenflügel zittert das schwarzgrünlich angelaufene Piercing, eine Libelle. Das Einstichloch ist im Laufe der Jahrzehnte immer weiter ausgeleiert, so daß das Insekt ständig in Bewegung scheint. Auf ihren Schulterblättern verdorren tätowierte Rosen, jedes Blütenblatt ist knittrig und scheint nach Wasser zu lechzen. Sie entfernt stöhnend die Turnschuhe von den Füßen und beginnt zu kratzen. Freund Fußpilz hat sie mächtig am Wickel, daher auch der Name.

Harry befreit Parkinson-Paula von ihrer Tüte; dann läßt er den Rucksack langsam zu Boden gleiten und öffnet ihn. Seine krummen Finger fummeln eine Weile an den Verschlüssen. Stolz packt er verschiedene Delikatessen aus. Mir läuft das Wasser im Mund zusammen. Ich nicke anerkennend, wiege eine kleine Fenchelsalami in der Hand. »Habt ihr prima gemacht.«

»Prima nennst du das? Ist bei euch jetzt Alzheimer ausgebrochen? Wenn die Bullen sich drangehängt haben, dann heißt es Haus Sonnenschein für uns alle!« kreischt

Jutta. An zwei rostigen Krücken schwankt sie aus der Haustür und torkelt über den Hof. Schwere Coxarthrose, die Hüftköpfe sind total abgerieben, ihre Bewegungen sind durch den Schmerz steif und sparsam. Juttas Hörgerät ist auf schärfsten Empfang eingestellt und pfeift wie eine hysterische Ratte. Die Lippen sind pflaumenblau, sie atmet stoßweise. »Die binden einen fest. Arme und Beine ans Bettgestell. Futter durch den Schlauch. Pissen und Scheißen in die Windel. Einmal in der Woche abspritzen in der Naßzelle. Nachtruhe um 16 Uhr, dazu eßlöffelweise Rohypnol. Dreißig Leute auf einen Pfleger. Und das sind Typen, die schlagen schnell mal zu. Söldner aus irgendwelchen afrikanischen Bananenrepubliken, sonst will das ja keiner machen. Die bedienen sich bei den Psychopharmaka, daß sie nicht mehr geradeaus gucken können. Und die schlagen dich nicht mit der Haarbürste, die nehmen Kleiderbügel!«

Betablocker-Boris kommt auf den Hof. Langsam und krumm. Vorsichtig schiebt er das Nitrospray zwischen Juttas zitternde Lippen, drückt zweimal. Es zischt dürftig, fast leer. Er fühlt ihren Puls, schüttelt den Kopf. »Jutta, du bist in der Kommune Kalk. Nicht im Haus Sonnenschein. Und die Kommune Kalk will heute feiern. Jubiläum, Jutta. Fünf Jahre, das ist doch was. Du bist hier, und du bleibst hier. Und wenn Benni und Harry von der Apotheke zurückkommen, gibt‘s ein neues Pumpspray, Nitrolingual, das Beste. Und Novalgin gegen die Schmerzen. Wirst sehen, da schläfst du wie ein Baby.«

Das Haus Sonnenschein der Philipp-Mißfelder-Stiftung ist ein Heim für kriminelle und verhaltensauffällige Senioren und Hochbetagte. Es liegt am Stadtrand, früher war dort eine private Geburtsklinik untergebracht. Jutta ist die einzige, die den Laden aus eigener Erfahrung kennt, sie ist von dort ausgebüxt. Vor der Rente war sie bei einem privaten Fernsehsender, hinter der Kamera, hat Reportagen und Dokus gedreht, nicht schlecht verdient. Und nicht gerechnet. Keine Kinder. So wie wir alle. Und dann das Übliche: Minirente, nix auf der hohen Kante, unbezahlbare Kosten für Miete und Medizin, neue Gelenke für 10 000 Euro. Da hat sie ein bißchen randaliert, im Gesundheitszentrum, ein paar Topfpflanzen und ein Empfangsdamennasenbein kaputtgeschlagen. Man hat sie stracks ins Haus Sonnenschein verfrachtet. Eines Tages stand sie vor unserer Tür. Noch im hellgrünen Kittel, die Beine wie zwei Pfeifenstecken, unterernährt und verdreckt. Wir sind nicht die Caritas oder so, bei uns kann nicht jeder Hans und Franz Mitglied werden. Jutta ist stocktaub, ziemlich fußlahm, und ihre Pumpe funktioniert auch nicht richtig. Aber sie kann – gelernt ist gelernt – besser schrauben, reparieren und illegal Stromleitungen anzapfen als Zahn-Harry, der alte Technik-Pfuscher, und deshalb haben wir sie aufgenommen. Sie paßt gut zu uns. Nur manchmal dreht sie durch, so wie jetzt.

Boris läßt sich ächzend neben Jutta auf der wackeligen Bierzeltbank nieder. Mit Boris ist unser Laden komplett. Drei Kerle, drei Mädels. Ungewöhnliche Kombination, in den meisten Senioren-WGs herrscht Frauenüberschuß durch die Feminisierung. Höhere Lebenserwartung bei Frauen führt zu Zickenterror. Wir achten bei Neuaufnahmen streng auf die Geschlechterparität, sonst gibt es nur Ärger. So wie in der Kommune Bismarckstraße, gleich um die Ecke. Sieben Frauen und ein Typ, ein ehemaliger Automechaniker und Bodybuilder. Die Weiber kreischen da manchmal rum, daß das ganze Viertel wackelt.

»Vagina sicca schützt nicht vor Eifersucht«, würde Boris sagen. Beta-Blocker-Boris ist ein echter Glücksgriff. Wir haben ihn den Tatter-Panthern aus der Mansteinstraße richtiggehend abgeworben. Wie Headhunter in den guten alten Neunzigern die IT-Leute von der Straße wegköderten, so haben wir uns Boris gekrallt. Er genießt hier sämtliche Vergünstigungen, die man sich nur vorstellen kann: Extra-Rationen bei allen Mahlzeiten, Zusatzzigaretten, Freistellung vom Kloputzen und anderen häuslichen Arbeiten, zwei eigene Zimmer. Das hätte er bei den Panthern alles auch gekriegt, aber was die nicht haben, ist Muriel. Sie hat ihn angelockt, ein runzeliges Girlie mit hellblauem Lack auf den verpilzten Fußnägeln. Die Gleitcremetube immer einladend auf dem Nachttisch. Am Anfang haben sie dauernd gevögelt. Paula war ein bißchen sauer, sie ist ja auch die Lädierteste von uns. Hat rumgekreischt: »Die Schlampe schmiert doch mit Östrogensalbe, sonst könnte sie nicht so oft.« Na ja, Weiber.

Boris war bis zu seinem 75. Lebensjahr Apotheker in einem riesigen Pharmakaufhaus an der Mönckebergstraße. Er kann ganz anständig Spritzen geben, Blutdruck messen und unsere diversen Zipperlein mit den passenden Drogen versorgen. Ein richtiger Arzt könnte Rezepte ausstellen und unserer medizinischen Versorgung etwas mehr Legalität verleihen. Aber wirklich nützlich wäre es auch nicht, bei der Höhe der Zuzahlungen für unseren Stoff.

Wir packen gemeinsam aus, auf dem großen Holztisch im Hof. Er ist aus Plantagen-Teak, stand mal auf meiner Loggia, vor der Verrentung, vor tausend Jahren: drei Zimmer hochrenovierter Jugendstil, draußen in Blankenese. Von jeder Decke blühte und rankte eine andere Stuckblumensorte. Eichenparkett, Colani-Klo, italienische Holzküche, die Loggia gerahmt von zwei Säulen wie auf der Akropolis. Oft denke ich, mein Tisch müßte auf seinen vier schlanken Beinen davongaloppieren wie ein durchgehendes Turnierpferd, wenn er merkt, was für Zeug wir täglich auf ihn packen. Er hat schon so manche Dose Katzenschmaus, schimmeligen Toast oder halbverfaultes Obst vom Hinterhof des Penny-Marktes ertragen. Jetzt kann er sich wie früher fühlen. Schließlich wird heute abend gefeiert. Fünf Jahre Kommune Kalk, das ist ein Anlaß, zu dem man die üblichen Futterquellen, Supermarkt-Ausschußware oder den Müllcontainer der Finanzbehördenkantine am Gänsemarkt, mal außer acht lassen und was riskieren kann.

Fünf Jahre Selbstbestimmung! 76 war ich damals, als wir eingezogen sind, Zahn-Harry und ich. Ein Jahr nach der Verrentung, da hat es hinten und vorne nicht mehr gereicht für den gewohnten Lebensstil.

Ich mußte alles verkaufen: Auto, HiFi-Krempel, 500 CDs, Handy, auf Tiefseeniveau gesunkene Aktien, am Schluß sogar die Möbel. Geahnt hat das keiner. Wir haben geschuftet, 30 Prozent Steuern abgedrückt, für die soziale Gerechtigkeit. Ansonsten versucht zu leben. Manchmal kam ein Briefchen von der BfA – alles in Butter, beruhigende Steigerungsraten der Rente von 1,5 bis 3,5 Prozent jährlich, da hat sich doch keiner ernsthaft Sorgen gemacht. Wer war schon so paranoid wie die Rechner, die Knauser, glaubte an die Unkereien von der Versorgungslücke und kaufte nur bei Aldi? Wir sahen doch, wie schön das bei unseren Eltern lief, wo jeder zweite Rentner in der eigenen Immobilie wohnte und die Hälfte des Jahres in Spanien oder an der türkischen Riviera verbrachte. Papa Pamplona und Mama Pammukale. Irgendwann haben sie die Alten dann auch zur Kasse gebeten. Einmal Fußnägelschneiden: Sieben Euro. Einmal Hintern wischen: 15 Euro. Da ist von der ganzen Erbenherrlichkeit nichts mehr geblieben, kein popeliges Reihenhaus können wir unser eigen nennen.

Dann kam die letzte Tasse Espresso auf meiner Loggia. Harry war dabei, Mai 2046, wir waren schon damals Nachbarn, gut fünfzehn Jahre. Auch er mußte raus, aus den gleichen Gründen. Er sabbelte wie verrückt über früher, die geile Zeit, After work parties, Raves, Mädels mit Sonnenblumen auf den Titten. Immer wieder dieselben Formeln, wir drehten uns im Kreis. Die Sonne sackte zwischen den Häusergiebeln runter wie eine faulige Apfelsine, und ich heulte plötzlich. »Ich geh nicht in die Mißfelder-Stiftung, eher krepier ich, verdammt nochmal!« Harry war schon ziemlich hinüber, natürlich hatten wir die Grappa-Pulle rausgeholt. Und dann fing er plötzlich an: »Warum machen wir nicht unseren eigenen Laden auf? Damals, Ostberlin, kurz nach der Wende, das Haus in der Rigaer Straße, Mensch, war das ne geile WG. Wir sind einfach reinmarschiert, haben unsere Matratzen auf den Boden geschmissen, bißchen rumgebastelt, hat keinen interessiert, die ganze Bude stand leer.«

Und so kam es dann. Lieber jeden Tag mit Zahn-Harry, seiner Flatulenz und den Endlosschleifen über Schaumbad-Discos anno 2003 als staatlich verordnete Flüssignahrung mit Tranquilizer-Zusatz!

Das Haus stand schon ewig leer, wie vieles hier im Generalsviertel. Früher war es eine schicke Wohngegend, tierische Quadratmeterpreise, nur Yuppies, eine Tapas-Bar an der anderen. Heute gibt es zwar kaum noch ein freies Erdgeschoß – andere Hochbetagte achten auch auf altersgerechtes Wohnen –, aber ansonsten verfällt der ganze Plunder. Bevölkerungsrückgang. Ratten, bröselnder Putz, Vogelmiere und Schnurgras schießen aus dem Asphalt. Schlimmer als nach der Wende. Die Jungen, Gutbetuchten wohnen am Stadtrand, nicht selten in bewachten Vierteln. Hier findet sich keine Bullenstaffel mehr zurecht. Wir sind sicher. Und können heute abend die große Fete steigen lassen.

Parkinson-Paula kommentiert die Beute, knistert mit einer Packung Dececcho-Pasta: »Da läßt sich schon was draus machen. Lasagne auf jeden Fall. Und was Süßes zum Nachtisch. Nur der Stoff fehlt noch. Ohne Tremarit bring ich jedenfalls nichts runter.«

Paula ist eine Ökobraut vom alten Schlage, ehemalige Grundschullehrerin – mit durchgescheuerten Cordhosen, pflanzengefärbten Wollpullis, Hennahaar und Silberschmuck in den riesigen Ohrläppchen. Es ist seltsam, wie sich unsere Gesichter verändern. Enormer Haarwuchs aus den Nasenlöchern. Die Frauen kriegen Schnurrbärte. Warzen wuchern. Und die Ohren falten sich elefantös auf, auch wenn sie rundum gepierct sind.

Paula kennt sich mit Kräutern aus, rupft zielstrebig ein Bouquet garni für unsere allwöchentliche Tomatensauce aus dem Angebot der städtischen Parks, ohne daß wir Angst vor Vergiftungen haben müssen, kocht Holunder- und Hagebuttenmarmelade aus derselben Quelle und trocknet alle möglichen Gewächse für den Winter, findet, geschoben von Harry, Pilze im Stadtforst, auch solche, die einem einen leichten Kick verpassen. Hexenkram. »Nur gegen richtige Krankheiten hilft der ganze Plunder nicht. Mußte erst über 70 werden, um das zu kapieren.« Eine fette Packung Penicillin aus Boris' Vorräten hat Paula vor drei Jahren vor einer Lungenentzündung und dem sicheren Abgang gerettet. Seitdem zweifelt sie an Hahnemanns Globuli, Bachblüten und heilenden Edelsteinen, hat einen radikalen Schwenk zur Schulmedizin vollzogen. Der Rest der Kommune schwört ohnehin auf die freundliche Familie der Antibiotika: Amoxillin, Elobact, Tarivid, jedes von ihnen hat schon einmal einem WG-Mitglied den Schritt über den Jordan erspart.

Im Grunde kommen wir klar. Jeder hat seine Aufgaben, Kochdienst, Putzdienst, Einkaufen: nicht anders als in einer Single-WG. Spaß haben wir auch, wenn auch nur im Rahmen unserer Möglichkeiten. Mit Bein-Urinal kann man eben nicht mehr jede Position auf der Spielwiese einnehmen, und die Damen verziehen schnell das

Gesicht, wenn sie nicht genug Schmiermittel aufgetragen haben, bevorzugen eher Kuscheln, Kraulen und Löffelchenliegen mit Paul Weller, Element of Crime oder Blumfeld. Aber wir haben Grappa, wir haben fast immer leicht angegorenes Bier, wir haben eine kleine Zucht vielfingriger Grünpflanzen, um die sich Jutta kümmert. Und wenn wir dann abends im Hinterhof sitzen, natürlich mit nierenwärmenden Stuhlkissen und Fleecedecken über den aneinanderschlagenden Kniescheiben und Sven Regener den Mond anheult, ist es fast wie früher. Aber nur fast. Zum Beispiel brauchen wir dringend Medikamente.

Es ist schon ein ziemliches Risiko, zwei Gesetzesübertretungen an einem Tag. Aber wir haben keine Wahl. Unsere pharmazeutischen Vorräte gehen bedenklich zur Neige, und im staatlichen Gesundheitszentrum kriegt man nach acht Stunden in der Schlange vielleicht eine Zehnerpackung Paracetamol, aber keine Psychopharmaka, keine Schmerzmittel und auch nichts gegen Parkinsontatter und Herzprobleme. »Die normalen Verschleiß- und Alterserscheinungen müssen privat bezahlt werden. Der Staat kann nur für die Basisversorgung aufkommen.«

Deshalb müssen Harry und ich heute noch mal raus. Die Kommune Kalk will ihre Jubiläumsfeier schließlich genießen. Während die Mädels, unterstützt von Boris, die Fressalien in die Küche schleppen, schwingen wir uns auf meine knallrote Ducati. Baujahr 2000, aber immer noch total fit. »So was von unauffällig, Benni, einfach genial, deine Camouflage«, sagt Jutta kopfschüttelnd. »Wird schon schiefgehen!« blökt Harry und umklammert mit seinen sehnigen Affenarmen meine Taille. Die Ducati hustet, röchelt und springt mit einem Hüpfer an. Wir tuckern durch das vermüllte Eppendorf in Richtung Innenstadt, vielleicht mit Tempo 30, mehr können Harrys Hämorrhoiden und mein Beutel nicht ab.

Wenn ich den Katalog meiner Zipperlein bedenke, kommt mir, wie in letzter Zeit ständig, wieder dieses gereimte Gejammer hoch: *Owê war sint verswunden alliu mîniu jâr!* Vor ungefähr fünfzig Jahren bumste ich Martha, die über einen mittelalterlichen Dichterling namens Walther promovierte. Um mich bei ihr einzuschleimen, habe ich ein paar seiner Verschen auswendig gelernt, im Original. Leider funktionieren meine Speicher noch so gut, daß der Krempel in unruhigen Nächten endlos durch meinen Schädel wabert: Walther jault in Reimpaaren, über die jungen Leute, die *jemerlîche tuont*, vergleicht sich mit einem abgeholzten Wald, seine glücklichen Tage sind wie ein Schlag ins Meer, sein Unglück, daß er je alt werden mußte ... Martha ist längst tot, die Glückliche, vom Schlag getroffen und in Sekundenschnelle ausradiert. Nur unsereins plagt sich hier weiter. Am seltsamsten finde ich persönlich die Tatsache, daß Zahn-Harry die einzige Konstante in meinem Leben ist. Er begleitet mich sogar noch länger als der Teaktisch.

Unser Ziel ist der Jungfernstieg. Wenigstens etwas, das sich nicht verändert hat, die Läden sind immer noch unglaublich teuer und exklusiv. Hier sieht man nur Jungvolk, viele Frauen mit Kindern shoppen und schlendern. Grauköpfe wie wir fallen sofort auf, auch durch die Klamotten: alte Turnschuhe, Workerhosen, Hilfiger-Shirts. Cooler Kram eben und bequem dazu. Das Jungvolk heute läuft rum wie unsere Großeltern in den 50er Jahren, die Mädels tragen BH und Hüftgürtel, muß man sich mal vorstellen. Die Typen gefallen sich stockkonservativ mit Anzug, Krawatte und Seitenscheitel. Harry parkt die Ducati im Schatten eines Palmenkübels beim Alsterpavillon. Wir schlendern ebenfalls, auch wenn man uns dumm anschaut. Unser Ziel ist die Schwanenapotheke. Golden plustert sich das feiste Wappentier über dem Pharmatempel. Wir hängen in mäßiger Entfernung ab, suchen beiläufig nach Kippen, hier wird vieles halbgeraucht weggeschmissen. Eben will ich mich nach einer fetten, noch qualmenden Benson and Hedges bükken, die ein busy Bürschchen zu Boden geschleudert hat, als ich ein Krächzen hören. Etwas krächzt meinen Namen. »Benni, dich habe ich ja ewig nicht gesehen.« Das Geräusch kommt aus einem Luxusrollstuhl, der jetzt mitleidslos mit Breitwandflüsterreifen meine angepeilte Beute überrollt und kurz vor meinen staubigen Nikes zum Stehen kommt. Drinnen hockt ein krummes Bündel: Runzeln und mindestens zwei Schlaganfälle. Aber tiptop gepflegt, gebügeltes Hemd, Flanellhosen, gekämmt und gecremt, kein Hauch von Incontinence. »Florian?« frage ich heiser. »Dein Kopf funktioniert also noch«, flüstert die Mumie. »Siehst aber nicht gut aus. Mager. Und ein bißchen abgefuckt, was?«

Florian und ich haben zusammen studiert. Auch nach dem Abschluß sind wir uns gelegentlich über den Weg gelaufen. Besser gesagt, er hatte es darauf angelegt, meinen Weg zu kreuzen. Ich fand ihn immer stinköde. Er war ein Rechner, von der schlimmsten Sorte. Gönnte sich nichts. Fünf-Sterne-Kunde in allen Billig-Discountern, brachte zum Barbecue antibiotikaverseuchtes Billigfleisch aus der Großmastanlage und Wein in Tetrapacks. Legte jeden Cent zurück. Für später und für die Kleinen. Kinder hatte er auch noch. Mit seiner Gesa, einem aus der Form gegangenen Etwas mit Knopfaugen und unrasierten Beinen.

Arme Idioten waren das, die sich damals für Nachwuchs entschieden. Keiner verstand es so richtig. Nicht einen müden Cent bekamen sie, die sich die Nächte mit kreischenden kleinen Milchmaden um die Ohren schlugen und klebrige Babyscheiße in überfüllte Windeleimer preßten. Das staatliche Kindergeld wurde schon 2005 gestrichen, um die Auszahlung von Renten und Arbeitslosengeld zu gewährleisten. Und dann drückten sie nur weiter ab, für Kinderbetreuung, für Schulen – wer sich nicht in Richtung Abschaum begeben wollte, ging privat –, für Arzt und Krankenhaus, Klamotten und Klassenfahrten. Ich habe die Tiraden noch im Ohr, von Florian und seiner Alten.

Ich schaue mir genauer an, wer den alten Langweiler schiebt. Ein Bursche um die Fünfzig, Traum jeder Schwiegermutter. Eben holt er ein blütenweißes Stofftaschentuch aus seiner Karohose und wischt ein paar Speichelfäden von Florians Mundwinkel. Wischt langsam und liebevoll. Familienpflege, voll trendy. Geht auch nicht anders. Die Horden hilfswilliger Polen, Russen und Rumänen, die das System stützen sollten, sind ausgeblieben, nicht einmal marokkanische oder schwarzafrikanische Helfer fanden sich ein. Die ehemaligen Ostblockstaaten haben sich zu den Siegern der EU gemausert, sie zeugen Kinder in ausreichender Anzahl, genießen ihren neuen Wohlstand und meiden den überalterten Westen, wo nachts marodierende Greisencliquen die verfallenen Straßenzüge der Hauptstädte unsicher machen.

»Ist das dein Sohn, der kleine Hosenscheißer?« frage ich. Die Mumie verfällt in einen grinsenden Nickanfall. »Ich wohne bei ihm und seiner Frau. Zwei Enkel, und schon sechs Urenkel. Habe rechtzeitig für alles gesorgt.« Harry nähert sich, er sieht so angepisst aus, wie ich mich im Moment fühle. »Aber deine Zähne, die sind sicher falsch,« knurrt er. Florian kichert und bleckt sein Gebiß. Kein gelbes Chinaplastik. »Porzellanimplantate. Hat die Privatkasse bezahlt. Gesa und ich, wir haben eben gerechnet. Für später.« Florians Sohn wackelt leicht am Fahrgestell. »Papa, ich glaube, wir müssen. Unsere Liste ist ziemlich lang.« Er knistert mit einem Berg pistaziengrüner Privatrezepte und schielt sehnsüchtig in Richtung Schwanenapotheke. Wir verabschieden uns. Ich rufe dem

Davonrollenden hinterher: »Mir geht's prima, hab mit ein paar Freunden, vor allem Frauen, eine WG aufgemacht. Wir haben viel Spaß, in jeder Hinsicht!« Hoffentlich wird er neidisch. Sex war schon an der Uni sein Komplex, er war seit dem zweiten Semester mit der damals schon nicht gerade mageren Gesa zusammengespannt, die bei den Vorlesungen strickte und in einer Tour von Familie redete. Während ich nie was anbrennen ließ: Semesteranfangs- und Mensa-Einweihungsparties, Love Parade und Karneval der Kulturen, später Scampi-Grillen mit den Kollegen von der Kanzlei und wilde Nächte im Bootshaus des firmeneigenen Ruderclubs, wohin sich die Weiber besonders gerne verschleppen ließen. Florian hörte immer mit glänzenden Augen zu und kehrte dann zu seinem Trumm und den beiden kreischenden Blagen zurück. »Arschloch«, murmle ich und ertappe mich zum zweiten Mal innerhalb von fünf Minuten bei einem Neidanfall, der mir die Magensäure bis zu den Mandeln hochtreibt. »Langweilt sich bestimmt zu Tode. Das wäre nix für mich, die ganze Zeit Familie.«

»Todsicher«, bestätigt Harry und schüttelt sich. »Und seine Schwiegertochter läßt ihn bestimmt nicht zum Ficken die Tür abschließen.« »Wenn der überhaupt noch ficken kann«, ergänze ich und fühle mich schon besser. »Wir haben auch noch was anderes zu tun. Schau dir mal die Trulla an, die mit dem Kinderwagen.« Ich besinne mich auf unseren Auftrag: Sport, Spiel, Spannung sind angesagt. »Ein braves Töchterchen«, flüstert Harry. »Den Papierpacken braucht sie bestimmt nicht für sich selbst.« Sein Wort in Gottes Ohr. Aber das gut gebürstete Blondchen nestelt tatsächlich einen Haufen Zettel aus der Handtasche, die genau dieselbe Farbe haben wie die von Florians Sprößling. Die Super-Silver-Privatkasse versichert vor allem rechnende Rentner und versorgt sie mit allem, was das Herz begehrt.

Nach einer Viertelstunde schiebt Miß Medicine wieder vor die Tür, beide Arme voller Apothekentüten. Den Kinderwagen schubst sie mit den Hüften über die Schwelle auf den Gehweg. »Benni, dein Einsatz!« brüllt Harry. Alles geht wie die Feuerwehr, wir machen so was schließlich nicht zum ersten Mal. Ich schnappe mir den Kinderwagen – drinnen schnarcht ein bemütztes Balg, das nicht das Geringste mitkriegt – und mache einen auf böser Mann. Grimassen, Geheul, das übliche. Mutti kreischt wie am Spieß, ihre Patschhändchen öffnen sich im Rettungsreflex. Die Gelegenheit für Harry, der sämtliche Tüten zusammenrafft und türmt, in Richtung Ducati. Ich gebe dem Baby-Rolls einen Schubs, daß er Mutti frontal umnietet, sie kreischt noch lauter, und Junior ist jetzt auch aufgewacht. Dann türme ich endlich, es muß jetzt wirklich schnell gehen. Verfluchte Arthrose! Und dann platzt, ich hab es kommen sehen, auch noch der Beutel. Meine Pisse läuft warm und stinkend den rechten Schenkel runter und tropft auf den Jungfernstieg. Souvenir, Souvenir. Natürlich kann das Jungvolk tausendmal schneller laufen als wir, aber bei jedem Hochbetagtenüberfall rechnet man mit ein paar hilfreichen Schocksekunden.

Auf Schleichwegen durchs Karoviertel und über die Schanze gelangen wir zurück nach Eppendorf, die Tüten lässig am Lenker. »War eine gute Wahl, die Süße. Hat bestimmt für zwei eingekauft, für Mami und Papi. Schau mal: Herz, Schmerz, Tatter, Schlafen, alles dabei. In Familienpackungen.« Harry fummelt das lustige Tavor aus der Schachtel. »Gib her, das brauch ich jetzt.« Er stopft sich eine Pille in den Rachen. Ich greife ebenfalls zu. Mit deutlich verlangsamtem Puls und tiefem Frieden im Gemüt kehren wir nach Hause zurück. Über den Dächern des Generalsviertels beginnt die Sonne zu sinken.

Jutta und Muriel haben ein paar Gartenfackeln in die

Erde gerammt und Papierlaternen aufgehängt – Paulas Werk, Kunstunterricht, Unterstufe, bißchen krumm, aber romantisch. Boris sitzt mit Cutasept-Flasche und Tupfern am Tisch, desinfiziert sorgfältig entblößte Armbeugen und pumpt dann bedächtig Stoff in die willigen Venen, verteilt Tablettenhäufchen. Die Gesichter werden ruhiger, die Atmung entspannt sich. Aus der Küche dringen verheißungsvolle Düfte. Paula zeigt mir mit zitterndem Zeigefinger, welche Schüsseln, Platten und Tabletts ich raustragen darf. Es wird ein richtiges Festmahl. Die China-Beißerchen zerren an sonnengetrockneten Tomaten, Serano-Schinken, knackigen Kräuteroliven mit Mandelkern, Ciabatta-Krusten. Tomatensoße tropft, Spaghetti und Gnocchi flutschen geräuschvoll in Mundhöhlen. »Wir werden die ganze Nacht furzen«, stöhnt Muriel. »Ich hatte eigentlich noch was anderes mit dir vor«, sagt Boris und zwickt sie in die knochige Hüfte. Sie kichert, ihre Augen strahlen.

Sie dreht am Sendeknopf unseres ebenfalls hochbetagten Sony-Radios herum, sucht den Oldie-Sender, nach dem wir alle mehr oder weniger süchtig sind. Es ist eine illegale Station. Von Oasis über Eminem bis Rosenstolz. Aufgelegt von DJs in unserem Alter. Die Jugend von heute hört ja nur noch Bach, Händel, Brahms. Vor allem Brahms, es ist nicht auszuhalten. Klassikgedüdel auf allen Wellen, schlimmer als zu Adenauers Zeiten. Jetzt bleibt Muriel bei den Nachrichten hängen: »Das Statistische Bundesamt hat heute mittag die neuesten Zahlen zur bundesweiten Seniorenkriminalität bekanntgegeben. Mit 15 Prozent gegenüber dem Vorjahr ist die Kriminalitätsrate bei den über 75jährigen erneut wieder leicht gestiegen auf genau 50 Prozent. Damit ist jeder zweite Hochbetagte schon einmal in kriminelle Handlungen verwickelt gewesen. Als besonders erschreckend wertete die Sprecherin des Bundesamtes dabei die Zuwächse bei

Überfällen auf Lebensmittel-, Alkohol- und Pharmageschäfte. Anscheinend schrecken immer weniger Hochbetagte vor Gewaltverbrechen zurück. Ihre bevorzugten Ziele sind dabei wehrlose Opfer, besonders Mütter mit Kleinkindern und Heranwachsende. Kriminelle Hochbetagte agieren in der Regel nur in größeren Gruppen.« Der Bundesinnenminister äußerte sich kurz nach Bekanntgabe der neuen Zahlen: »Unsere Gesellschaft kann es sich, bei allen berechtigten Fragen nach den Ursachen der Seniorenkriminalität, nicht leisten, derartige Verbrechen als Kavaliersdelikt hinzunehmen. Dem Schutz der lange vernachlässigten jüngeren Generation gilt all unser Trachten und Streben. Deshalb plädiere ich erneut dafür, auffällige Individuen beim geringsten Zeichen von kriminellen Neigungen der Zwangsverwahrung zu übergeben. Zum Wohle der Kinder, der Familien in diesem Lande genauso wie zu ihrem eigenen Besten.«

Muriel schüttelt sich, die knochigen Schulterblätter unter dem verschwitzten Top knistern. Sie hebt ihren Drink. »Wir sind Teil der Statistik. Uns meint er! Erhöhte Gewaltbereitschaft, kann man wohl sagen. Der Typ ist glatt in sein Pasta-Regal geflogen.« Sie kichert und schüttelt gleichzeitig den Kopf. »Anscheinend machen wir jetzt alles, was wir uns früher nie getraut haben.«

Ich sehe in die Runde und bin irgendwie stolz. Auf uns alle. Trotz Windeln, Knopf im Ohr und weichem Keks, wir haben uns die Butter aufs Brot zurückgeholt. Und Fenchelsalami obendrauf.

Wir sind nicht wie die Omis aus den zwanziger Jahren des letzten Jahrhunderts, die still und verzweifelt den Gashahn aufdrehten oder ihre vor Hunger federleichten Körper im Kleiderschrank an die Stange hängten, zu stolz, um zu betteln, zu wenig Biß. Wir kämpfen um jede Dose Katzenschmaus. Helfen uns selbst, auch ohne Pflegeversicherung. Keine Götter bemühen sich zu uns herab wie bei diesen griechischen Altchen. Philemon und Baucis, hießen die nicht so? Kinderlos und trotzdem nicht der Abschaum der Gesellschaft. Verwandelten sich am Schluß in Grünzeug. Keine schlechte Idee, aber trotz aller Genforschung haben sie da den Durchbruch noch nicht geschafft. Kein Gerontozid, keine Eisscholle, kein Haus Sonnenschein, statt dessen: »Senioren zu Topfpflanzen!« Ich für meinen Teil wäre gerne ein gut getrimmter Buchsbaum auf meiner alten Loggia. Neulich bin ich dort mal wieder vorbeigeschlichen. Das Haus ist immer noch eine Top-Adresse. Zwei blondgelockte Blagen turnten zwischen den Säulen herum, kreischten und spritzten mit Wasserpistolen. Ihre Mutter, eine scharfe Tussi mit Pfirsichteint und Perlendoppelreihe am Halse, servierte ihnen irgendeinen Öko-Pamps. Sie lächelte verklärt auf die johlende Bande herab – kein Wunder, die kleinen Scheißer sind die reinsten Goldesel. 1000 Euro zahlt Vater Staat pro Monat für so eine Ei-Sperma-Kollision. Zuzüglich weitgehender Einkommenssteuerbefreiung, kostenlosen Kindergarten-, Schul- und Studienplätzen, medizinische Versorgung, Klamotten- und Benzingutscheine, alles für lau, wir haben verstanden. Sie besaßen jede Menge Grünzeug, sehr gepflegt. Ein Buchsbaum, das wär's. Aber nur im original toskanischen Terrakottakübel. Und bitte einmal die Woche düngen. Danke.

Veröffentlichungshinweise

Affenadam erschien erstmals 2003 in *Ich bin nicht innerlich. Annäherungen an Gottfried Benn.* Herausgegeben von Jan Bürger. Klett-Cotta. Stuttgart. Abdruck mit freundlicher Genehmigung des Verlags Klett-Cotta.

Kommune Kalk erschien erstmals 2003 in *Die 30jährigen.* Kursbuch 154. Rowohlt Verlag. Berlin.

Inhalt

33 Jahre suhrkamp taschenbuch
Das Jubiläumsprogramm
Die wichtigsten und erfolgreichsten Bücher
1971-2004

Tschingis Aitmatow. Dshamilja. Erzählung. Übersetzt von Gisela Drohla. Mit einem Vorwort von Louis Aragon. st 1579. 124 Seiten

Isabel Allende. Das Geisterhaus. Roman. Übersetzt von Anneliese Botond. st 1676. 501 Seiten

Ingeborg Bachmann. Malina. Roman. st 641. 356 Seiten

Roland Barthes. Fragmente einer Sprache der Liebe. Übersetzt von Hans-Horst Henschen. st 1586. 288 Seiten

Jurek Becker. Jakob der Lügner. Roman. st 774. 256 Seiten

Samuel Beckett. Warten auf Godot. En attendant Godot. Waiting for Godot. Deutsche Übertragung von Elmar Tophoven. Vorwort von Joachim Kaiser. st 1. 241 Seiten

Louis Begley. Lügen in Zeiten des Krieges. Roman. Übersetzt von Christa Krüger. st 2546. 224 Seiten

Thomas Bernhard. Heldenplatz. st 2474. 176 Seiten

Marcel Beyer. Flughunde. Roman. st 2626. 304 Seiten

Peter Bichsel. Eigentlich möchte Frau Blum den Milchmann kennenlernen. st 2567. 80 Seiten

Bertolt Brecht. Geschichten vom Herrn Keuner. st 16. 128 Seiten

NF 519/1/6.04

Lily Brett. Einfach so. Roman. Übersetzt von Anne Lösch. st 3033. 446 Seiten

Marguerite Duras. Der Liebhaber. Übersetzt von Ilma Rakusa. st 1629. 200 Seiten

Laura Esquivel. Bittersüße Schokolade. Roman. Mexikanischer Roman um Liebe, Kochrezepte und bewährte Hausmittel in monatlichen Fortsetzungen. Übersetzt von Petra Strien. st 2391. 288 Seiten

Moshé Feldenkrais. Bewußtheit durch Bewegung. Übersetzt und mit einem Nachwort versehen von Franz Wurm. st 2638. 280 Seiten

Max Frisch. Homo faber. Ein Bericht. st 354. 224 Seiten

Mahatma Gandhi. Mein Leben. Herausgegeben von C. F. Andrews. Übersetzt von Hans Reisiger. Mit einem Nachwort von Curt Ullerich. st 953. 299 Seiten

Marie Hermanson. Muschelstrand. Roman. Übersetzt von Regine Elsässer. st 3390. 304 Seiten

Hermann Hesse. Siddhartha. Eine indische Dichtung. st 182. 128 Seiten

Ödön von Horváth. Jugend ohne Gott. Roman. st 3345. 182 Seiten

Yasushi Inoue. Das Jagdgewehr. Übersetzt von Oscar Benl. st 2909. 98 Seiten

Wolfgang Koeppen. Tauben im Gras. Roman. st 601. 224 Seiten

NF 519/2/6.04

Else Lasker-Schüler. Die Gedichte. Herausgegeben von Friedhelm Kemp. st 2790. 440 Seiten

Stanisław Lem. Der futurologische Kongreß. Aus Ijon Tichys Erinnerungen. Übersetzt von I. Zimmermann-Göllheim. st 534. 139 Seiten

Robert Menasse. Die Vertreibung aus der Hölle. Roman. st 3493. 496 Seiten

Alice Miller. Das Drama des begabten Kindes und die Suche nach dem wahren Selbst. st 950. 192 Seiten

Cees Nooteboom. Rituale. Roman. Übersetzt von Hans Herrfurth. st 2446. 232 Seiten

Ulrich Plenzdorf. Die neuen Leiden des jungen W. st 300. 150 Seiten

Ralf Rothmann. Milch und Kohle. Roman. st 3309. 216 Seiten

Hans-Ulrich Treichel. Der Verlorene. Erzählung. st 3061. 176 Seiten

Mario Vargas Llosa. Tod in den Anden. Roman. Übersetzt von Elke Wehr. st 2774. 384 Seiten

Martin Walser. Ein fliehendes Pferd. Novelle. st 600. 151 Seiten

Robert Walser. Jakob von Gunten. Ein Tagebuch. st 1111. 192 Seiten

NF 519/3/6.04

